アイ・レリーフ

I relief

臼田慶子

鳥影社

アイ・レリーフ　目次

アイ・レリーフ　3
喫茶しゅわり　55
漂う人　161

アイ・レリーフ

闇に隠れた山の稜線《りょうせん》から流れてきた乾いた樹木と土の匂いが、鼻先を通り抜けていく。それは忘れかけていた体内細胞をゆり起こすのに、充分な匂い。まるで永い眠りから醒《さ》めた水生生物が川底から息を吹き返し、細かな泡を一吹き吐いたときのような穏やかさを秘めたもの。

最終列車から降りた乗客は私一人。耳を澄ましてみた。やはり噴水の音は聞こえてこない。当然だろう。人気のない夜の遅い時間に、噴き上げているはずがない。

階段を上がり、無人の改札口を抜けると、その足で駅前のロータリーにまわった。噴水は噴き上げるどころか、跡形すらない。そこにはすらりと伸びた少女が右手に小花をかざし、天空を見上げるモニュメントが建っていた。

その向こう側には洒落たデザインのネオンサインや看板が立ち、駅前付近の風景は様変わりしている。

私は視線を前方一直線上に延びた道路に移し、予約を入れたホテルに向かう。歩いて五分。フロントで明朝のチェックアウトの時間延長をたのむ。午後一時までと。疲れた体を休息させ、出かける身支度を調えるには、このくらいの時間は必要だと考えた。

「ゆっくり、おくつろぎください」

白いワイシャツ姿の男性は清潔な笑みを浮かべた。カードキーを受け取り、エレベーターで六階まであがる。ルームナンバーを確かめ、カードをリーダーに差し込み部屋に入った。

手荷物を窓際のベンチに置く。まずは汗を洗い流したかった。洗面所に向かい、衣服を脱衣籠のなかに重ね、下着を片隅に押し込めた。

視線を洗面台の鏡に向けると、そこには四十に手の届く女の全裸姿がうつっている。額と首筋に細長い横線が二本。目じりにも二本。右頰のこめかみ付近には一本の白髪。そして乳房には緩やかな崩れ線。下腹部の微妙なたるみも隠せない。

当時、十三歳になったばかりの娘も母の享年を迎えようとしている。そのせいもあってか、今年に入ってから無性に母のことを思いだす。母も家の風呂場に取り付けてあった鏡を、私と同じような目で眺めていたこともあったのだろうか。

あの日、母は事故にあい意識が戻らないまま、三日後に亡くなった。一人っ子のうえ、母娘との密着度の強かった私は、その事実を受け入れるまでに相当長い時間がかかった。無理やり、口に固形物を放り込まれ、息苦しくて必死に咀嚼《そしゃく》しようとはするが、なかなか嚙《か》み砕けないもどかしさを味わってきた。

二十五年まえ、父と心ならずも去らざるを得なかったこの町をふたたび訪れる。それにはそれ相応の覚悟が必要だった。ひょっとしたら辛さの上塗りになるかもしれないという不安があったからだ。

このまま過去を封印して、静かに父と暮らしていくこともできる。それでもなにかに突き動かされるように来てしまったのは、心の深い部分で母の死への釈然としないなにか、を解き明かしたいという気持ちが、強まってきたせいなのかもしれない。

私はシャワールームへ入り、ボディーソープをスポンジにのせ泡立てる。肌に刺激を与えないよう、水圧はゆるめに、湯温はぬるめにする。体に付着した汚れを落とし、さっぱりした肌にアイボリーのバスローブをまとう。

床面にスリッパを這わせ、冷蔵庫から缶ビール二缶を取りだした。まずは喉の渇きを潤したかった。空腹感は強い。無理もない。昼食は午後二時半過ぎ。牛乳と菓子パンを二つ腹に入れたが、それからは飲み食いをしていない。

ルームサービスの時間はとうに過ぎていた。最終列車の車内販売で買ったナッツの詰め合わせと揚げせんをつまみにする。売り子の引くワゴンのなかには、照り焼きサンドイッチが一つだけ残っていたが、たれが千切りのキャベツに沁み込んで、どうにも食指が動かなかった。買わなかったことを悔やむ。

ベッドに腰をおろし、タオルを首に巻き、一缶目は一気に飲んだ。二缶目は一缶目よりは時間をかけた。普段ならこのくらいの量で眠くなることはないが、すきっ腹にビールを流し込んだうえ、溜まった疲労がそうさせたのか、テレビの深夜映画を眺めていたら、知らず知らずのうちに眠ってしまった。

翌朝、ドア一枚隔てた廊下から聞こえてきたモーター音で目が覚めた。騒音というほどではないが、ベッドに横たわる私を目覚めさせるには充分な音。ときおりホースの先端部分が壁にあたるのか、ココ、コツンと固い音がまじるその音は隣室を通り、この部屋のドア辺りに近付いてきた。

ベッドサイドのテーブルのデジタル時計をみる。「11：12」。睡眠時間はおよそ九時間。チェックアウトは午前十時。従業員が泊り客の少なくなる頃あいを見計らい、掃除機をかけ始めたようだ。

テレビは消えていた。枕元に置いたリモコンを手探りした記憶はかすかに残っている。はっきりとした意識のないまま電源を切ったのだろう。枕をクッション代わりにして上半身を起こす。質の良さそうな白いシーツと枕カバーは肌触りが良く、太陽光を吸い込んだようなフルーティシトラスの香りがする。

部屋のなかを見渡してみた。ベッドの足もと付近の天然木のテーブル上に、あざみに似た筒状型の紫の花が一輪いけてある。壁には絵画がかけてあった。

イランらしき国の遺跡のレリーフ。その隣には猫の画が描かれている。ペルシャ猫のようにもみえる。この猫とは似ても似つかぬ風貌だが、私はこの地を去るとき別れてきた、飼い猫のパールの姿と重ねていた。

窓はネービーブルーのカーテンで覆われている。カーテンを開くと、どんな景色が目に飛び込んでくるのか。この部屋の方角がどちらを向いているのか。階段の位置すら見当がつかない。案内図をみれば、すぐにわかるのだろうが、私にはそんなことはたいした関心事ではない。いまはただ深い眠りのあとの爽快感をむさぼっていたかった。


母が事故にあったその日は、十一月を迎えたばかりというのに、肌寒さを感じる日だった。小学校の最終学年になっていた私は、昼食を済ませ五時限目の授業が始まるまでの時間、教室のすみっこで友人たちと雑談をしていた。

次の授業は音楽だ。ピアノや木琴、壁にはハイドンやベートーヴェンの肖像画が掲げてある音楽室に移動しなくてはならない。そろそろ準備をしようと友人たちと一緒に机に戻りかけたとき、担任の男の先生が、正面黒板のある側のドアから入ってきた。

教室内を見渡している。誰かを捜している様子だ。

先生と私の目が合った。先生は、こちらに来なさい、とでもいうように、手招きする。

「お母さんが事故にあったから、すぐに帰る準備をしなさい」

声をおとして伝えた。

「事故って」

「先生も詳しいことはわからないが」

「交通事故ですか」

「いや、そうではないようだ。さあ、とにかく急いで」

背中を軽く叩いた。

「ヤサイさんという人が学校まで迎えに来てくれるから、校門で待っていなさい。知っている人だね」

うなずく。

今朝、母から叔母さんのところにいくから、家のキーを持っていくように、といわれていた。母が叔母さんの家に出かけたのは間違いない。それなのに叔母さんではなく、父でもなくて、なぜヤサイおじさんが迎えにくるのか。それに交通事故でない事故って一体なに。

「急ぎなさい」

先生の声に、私の体が素早く反応する。手と足が機械的に動き、机の上に広がった教科書やノート、筆入れをランドセルに押し込んでいた。

校門まえで児童を一人で待たせるなどとは、治安が悪くなったいまどきの学校では考えられないが、そのころはそれが許される時代だった。それでも先生は一階の教室の窓際からときおり顔を出し、一人で待つ私を気にかけてくれた。

授業を受けている他の子供たちにわからないように、さりげなく右と左の手をクロスさせ、まだだな、とでもいうように合図をおくってくれた。私も先生と同じポーズで、両掌を擦り合わせていた手を伸ばし、クロスさせ答えた。まだだよ、と。

十分以上は待っただろうか。

迎えの車は百メートル先にあるうなぎ屋の角地をまわってきた。ヤサイおじさんは助手席側の窓を開け、運転席から、待ったかい、とはいったが、返事を待たずに、助手席にすわるように目配せした。

私は振り返って、ちらりと教室の窓を見たが、すでに先生の姿は窓際にはなかった。ヤサイおじさんは、

「寒くなかったかい」

と訊いたが、やはり返事を待たず、私からカバンと手提げ袋を受け取ると、上半身をひねり、それらを後部座席に移した。そして姿勢を正し、

「落ち着いて聞いてね」

というと、私の左肩に手を置いた。

抑揚のないイントネーションとセリフを棒読みするかのような喋り方はいつも通りだが、ドス声はうわずっていた。冷静さを失っていたのは、むしろヤサイおじさんの方だ。運転は大丈夫だろうかと心配になる。

「学校の先生から聞いているかもだけど、ゆみさん、事故にあってね」

ヤサイおじさんは母のことをファーストネームで呼ぶ。私のまえでも、それは変わらない。

「事故とだけしか、聞いてないけど」

「ああ、そうなんだね」

といい、少しの間を置いて、

「ガスストーブが爆発してね。ゆみさん、その爆風を受けてしまったんだ」

「爆風。ガスストーブの」

「そう、そうなんだよ」

「怪我はなかったの」

「すぐに病院に運んでね。いま手当てしてもらっているよ」

ヤサイおじさんは深刻な顔をして、左肩から手を離したが、校門まえで停車したまま、車を発進しようとはしない。

私は視線をフロントガラスに向け、車、速く走らせて、その気持ちを察したのか、

「あっ、ああ、急がなきゃ。急がなくては」

そういうと私から目を離し、バックミラーを見て、アンゼン、ヨシッ、といい、車を発進させた。ヤサイおじさんは運転に集中しようとしている。声はさっきよりも落ち着いていた。ちょっとだけ、ほっとする。

車はうなぎ屋の角をまわり、二つ目の信号を通り抜け、国道に入った。しばらく走り、六差路の大きな交差点で止まると、ヤサイおじさんはまた喋り出した。

「今日、ゆみさんが叔母さんの家にいく予定だったことは知ってたね」

うなずいた。

「なんでも急に気が変わったとかで、おじさんのところに来たんだ。おじさん、今日はホテルの仕事は休みだったからね。そうなんだよ」

ヤサイおじさんは、そうなんだね、とか、そうなんだよ、と自分に向かってなのか、他人に向かってなのか、意味のあるような、ないような言葉をときどき付ける。

私はなぜ母がヤサイおじさんの休みの日を知っていたのか。それに今朝、母と出かけるときに約束した、叔母さんの家の近くにあるイチゴがたっぷり入ったケーキ屋さんのお土産はどうなったか気になったが、そんなことを訊いている場合ではないことくらいわかっていた。

「はじめは世間話をしてたけどね。しばらくしたらステレオを使わせて欲しい、っていうから、聞きたい曲があるのなら、貸してあげるよって。そうしたら、ゆみさん、レコード盤でしょう。持ち運びに神経使うから、ここで聞かせてもらうっていうんだ」

ヤサイおじさんはほんの少しだけ、私の方に顔を向けた。

「おじさんのところにあるCDは少なくて、ほとんどレコード盤ばかりだからね。それでね、ほらっ、ステレオのある部屋は北側にあるだろう。そうなんだよ」

うなずかない。

「あっ、さっちゃんはおじさんの家に来たことがなかったね。じゃ、わからないなあ」

ヤサイおじさんは一人で喋り、一人で納得する。

「でね、その部屋にガスストーブを点けるように頼んだんだ。陽当たりの悪い部屋だから、寒いと思ってね」

ヤサイおじさんは肩で息を吸い、ゆっくりと口から吐いた。やはり落ち着いていないらしい。

「自動点火の電池が切れていたんだね。うまくいかないらしくて、台所でお茶の用意をしていたおじさんのところに、マッチを借りにきたんだ」

しまい込んでいたストーブを出したばかりだったという。

「ゆみさん、受け取ると、すぐに部屋に戻っていったんだけどね。そのあとで大きな爆発音がしてね」

「ガスが漏れてたの」

「おそらくね」

そこに母がいたのだ。たいしたことがなければ良いが、と願いつつ、

「爆発したのに、おじさんの家は大丈夫なの。私を迎えに来たりして」

と訊いていた。

「いま警察が現場検証してるよ。きちんと説明してきたから、しばらくは大丈夫。さっちゃんを病院まで送ったら、すぐに戻るよ」

「お父さんは病院にいるの」

「ゆみさんに付き添ってるよ」

「それにしても、ガスのにおいがするでしょ。お母さん、気が付かなかったのかな」

案外、私は冷静だった。

「わからなかったんだろうね。こういうことは慎重派のはずなのにね。でもね、今日はいつ

もとは様子が違って、元気がなかったね。それにステレオを聞きたいなんて。そうなんだよ」

自分の家にもステレオがあるのに、なぜおじさんの家にいってまでと、ここでも不思議だったが、話がややこしくなりそうなので、しばらくは黙っていた。

「聞きたい曲があったのかな」

私は六差路もある長い信号待ちに焦りながらも、やはり訊いていた。

「そうなんだね。ウィリアム・ギロックのピアノ曲があるかって」

「ああ、『雨の日の噴水』って曲を作曲した人ね」

「さっちゃん、よく知ってるねえ」

この曲はたしかに家にはなかった。それで母はおじさんのところで、と合点がいった。それにしてもおじさんと母が家を訪問しあったり、ステレオを借りたりする間柄だとは意外だ。

「ゆみさんに頼まなかったらこんなことにならなかったのにね。ごめんな。おじさんが悪かったんだ。本当に悪かった。ごめんな」

ヤサイおじさんはこれまで見たこともない真剣さで、ごめんな、を繰り返した。私は返事のしようがなく、むしろ過剰とも思える謝り方に、事態の深刻さを想像させ、私の心を不安にさせた。

「それで、お母さんはどうなの」

真っ先に訊きたいことなのに、訊かなくてはいけないことなのに、それほど大した事故ではないと思いたくて、怖くて、なかなかいい出せなかった。

「手術中だよ。時間がかかるらしい」

ヤサイおじさんは眉間にしわを寄せている。二人の間に重い沈黙が生まれる。

やっと信号が変わった。車が発進して、数十メートル先で右折したとき、私の体がぐらりと傾いた。

「雨の中の噴水」という曲名には聞き覚えがあった。

母と叔母さんとは二人姉妹で、年齢は結構離れているが、仲が良く、ときおりお互いの家を行き来していた。

あの日も叔母さんの家に母と一緒に出かけたが、夕方近くになると雲行きが悪くなってきた。家に帰るのには電車とバスを乗り継ぎ、一時間はたっぷりかかる。そのせいもあって早めに切り上げてきたが、駅を降りるとすでに小雨が降り始めていた。

駅前には直径四、五メートルはある噴水がある。私は勢い良く噴き上げる水しぶきを眺めているのが好きだった。水の粒子が編み出す猛々しい強靭さと、蜘蛛《くも》の糸のような繊細な動きに魅せられていた。雨に濡れる噴水の光景を思い浮かべてみた。気持ちが弾む。どうしても見たくなった。ただ、そこにいくには踏切をわたり、反対側の道路に出なくてはならない。

私はホームから階段をおりようとする母の腕をつかんで引っ張ってみる。

母は、なに、とでもいうように振り返った。

噴水のある方角を指差すと、

「雨足が強くなってきたから、止まっているかもよ」

雨が降る日には出ていないという。

そうなのか、と納得しつつも諦めきれない。

「まだ出てるかもしれないでしょ。いってみないとわからないよ」

母は、しょうがないわね、とでもいいたげに唇を真一文字に結んで、にらみつけるような素振りはしたが、口元は笑っていた。

そんなときの母の表情はチャーミングで可愛いとさえ思えてしまう。人目を引く丸くてぱっちりした目に、笑うと小さなえくぼができた。

私はといえば母親似ではなく、父親の遺伝子が強くて、可愛くもチャーミングでもない。ましてやえくぼなど、顔中のどこを探しても見つかりはしなかった。

私は噴水に向かい、母の手を引っ張るようにして、急ぎ足で歩き始めた。母の勘は外れていた。噴水はまだ水しぶきを上げている。高低さをつけ、太く細く、幾筋かの線を描きながら勢い良く舞い上がる。降り注ぐ雨と混じり合い、ときに火花を散らすように激しくぶつかり、絡み、やがて二つの水の粒子は何事もなかったかのように、滝壺の深みに落ちていった。

その繰り返される水の造形に見入っていると、母が訊いてきた。

「さっちゃん、『雨の日の噴水』っていう曲、知ってる」

目を離さず、首を振る。

「ウィリアム・ギロックという人の曲よ。ちょっと寂しい感じがするけど、とても綺麗なメロディよ。これは子供のためのピアノのレッスン曲なんだけどね」

母は微笑みを浮かべた。

「お母さんは弾けるの、弾けたの」

「子供のころはね。でも、もう弾けないね。指が動かないもの」

目を伏せた母は、丸めた指先を見つめていた。

このとき私はこの曲を聴いてみたいと思ったが、クラシックに興味がないせいで、どんなメロディなのか、いまも知らない。

母はどちらかというと内向的な性格で、家事をして、好きなパッチワークや本を読んで過ごすのが性に合っている。それこそピアノを続けていれば、譜面をまえにして優雅に演奏する姿が似合いそうだ。

たかぶった感情を露骨に表に出す姿を見たことがない。たとえ体の不調や気持ちの落ち込みがあったとしても、滅多に父や私に感じさせる母ではなかった。少なくとも数ヵ月まえまでは。

次第に笑顔が消え、ふさぎ込むことが多くなった。なぜあの優しくて穏やかな母が、私にもわかるような元気のなさを隠そうとしなかったのか。隠し通せないほどの重大な事情ってものがあったのか。

仮に、その原因に思いあたるものがあるとすれば、たった一度だけ、母の言動に不審感を覚えたことがあった。

この年に行われた運動会の翌朝のこと。普段なら父と私は母の見送りをうけ、一緒に家を出るのだが、この日は学校が代休になったせいで、父が一人で出かけることになった。母は見送らなかった。ここのところ間引きする日が多いのだ。

「父さん、出かけるよ」

玄関先で母を呼んだが、返事はない。父も父で待つ様子もなかった。

父は、いってくるよ、と私にいうと、手に持ったキーホルダーの銅と銅とがすれ合う音を残して出ていった。

夫婦喧嘩が長引いているせいだと単純に考えていた。ところが父が出勤してから間もなく、時間にしたら午前八時半ごろだったろうか。玄関から和室に続く廊下においてある電話が鳴り始めてから、母の様子がおかしくなった。

台所の椅子に深く座ったまま、かたまったように動かない。電話の呼び出し音はしつこく鳴り続ける。しかたがなく和室にいた私が廊下に向かおうとすると、母は慌てて立ち上がり、いい、いいよ、と手で制止した。

受話器をとった母はヒソヒソ話をするかのように小声で、もしもし、の第一声から電話がかかってくることを承知しているかのような話しぶり。相手が誰なのか確かめもしない。

「そんなこといわれても。今日は子供がいますから。もう……」

困惑した声が小さければ小さいほど、耳をすましたくなる。

私の体が和室の襖に寄りかかるのに時間はかからなかった。それにしてもこんな朝早くから電話をしてくる相手とは一体誰なのか。しかも今日は子供がいますから、とは。

私がいては邪魔なのか。私がいない明日なら良いのか。どちらにしても、子供に聞かれてはまずい電話らしい。

なにかありそうだ。なにかある。あるに違いない。電話の相手は男なのか。それとも女。いや女ではない。私は男と決めつけていた。

母の声を待つ。息を殺して待つ。盗み聞きをしているという罪悪感がないわけではなかったが、抑えられない。その相手が誰なのか。このときばかりは知りたいという好奇心の方がはるかに勝り、まんざら悪い気分でもなかった。

もし母が聞かれていることを知ったとしても、父のためにも真実を知りたい、知っておかねばと考えると、いとも簡単に罪の意識は消えていった。

襖に手をあて、倒れ込まないように両足で体をささえ、耳をさらに密着させる。その間、数分。家のなかは静まり返る。

もう、のあとの声が聞こえてこない。長い沈黙があり、やがて畳がきしむ音がした。電話を切ったのか。慌てて襖から離れる。きっと母は廊下伝いで台所に戻っていくに違いない。

それなら私のいるこの部屋は通らないはず。だが私は慎重だ。万が一を考え、とりあえずの避難をしてみる。

足を忍ばせ、和室横の階段を上がる。一階と二階の間にある踊り場から一段目のところで止まり、手摺りに体を預けた。身を乗り出し、階下の様子を窺《うかが》ってみる。

やはり母は台所に戻っていた。電話に出るまえと同じ格好で、椅子に座っている。背中を曲げ、テーブルに肘を付き、額に手のひらを置いたまま動かない。

異様な空気が台所から階段をつたい、体にまとわりついてきた。もしかしたら、最近の母の変化はこの電話のせいだったのか。それが原因で、父との間に微妙な空気が漂っていたのか。少しだけ納得する。

それから三、四日経った日の夜、普段より早めに帰った父に思い切ってあの電話の話をすることにした。盗み聞きをしたうえに告げ口をすることに、ためらいはあったが、自分一人の胸にしまっておくのには重すぎた。

夕食を終えた父は書斎の机に向かい、調べ物をしているのか、重ねたコピー用紙をめくっていた。

私は父の横に立った。

「ちょっと、いい」

父は顔を上げた。

「どうした」

「あのね。あのねえ。この間ね。お母さんに変な電話がかかってきたよ」

スカートの裾を人差し指でくるくると巻き込んでいた。

「変なって」

「そう」

「いつ」

「えっと、運動会の次の日。月曜日。学校が休みになった日」

「どんなふうに」

そのとき、ありのままを話してはいけないのではないかという気持ちが働いた。

「なにを話してたのかよく聞こえなかったけど、断るの、困ってたみたい」

これは嘘ではない。

「セールスじゃないか」

父の表情が曇ったようにみえたが、すぐに思い直すように、

「心配しなくていいよ」

私の肩をポンポンと軽く二度叩いた。

あまりに早い、肩叩きだった。

「でも、お母さん、元気なかったし、朝の早い時間だったから」

騒ぎを起こしたいわけではない。

「早い、って」

「父さんが出ていってから、すぐくらい」

ふーん、と父は鼻先で答えたが、唇が少し真横に広がったのを見逃さなかった。

「セールスマンだって、朝早く電話する場合もあるだろうしね」

父は作り笑いをした。私にはそうみえた。ひょっとしたら、私が話さなかった、今日は子

供がいますから、母の言葉を見抜いていたのかもしれない。

父はそのあと、

「お母さんもいろいろ忙しくて大変だから、優しくしてあげてな」

といった。

父さんは突拍子もなく、なにをいい出すのか。優しくってどういうこと。母には優しくしているし、優しくもされている。特にいま、あらためていわれなくてはいけないほど、母は忙しくはない。だから忙しくて大変、のあとの、優しく、の意味もまるで飲み込めない。

それからも母の変化は続いた。普段なら一通りの家事を終えると、長年続けているパッチワークを始める。布と針先を器用にあやつり、タペストリー、バッグ、クッションなどの作品を丁寧に仕上げていく。

習慣になっているせいで、机に座りはするが、指先を持て余しているかのように、左右の指を交互にさわったり、手のひらをもう一方の手のひらで包み込んで撫でるばかりで、カゴに入れた布の切れ端を取り出そうとはしない。

またあるときは雑誌を広げたまま、窓の外をぼんやりみては溜息をもらす。買い物にいく回数も減り、冷蔵庫のなかは空いているスペースが多くなった。

事故にあった叔母さんの家に出かけるといったその日の朝は、特に動きが鈍かった。普段でもテキパキと家事をこなすタイプではないが、それを差し引いても遅かった。深刻になにかを考え込んでいるようで、体はかろうじて動いてはいるが、長くは続かず、しばらくすると椅子に座り込み、また溜息をついた。

父は食事をしながら、

「具合が悪いのか」

と訊いたが、母は浅く頭を横に振りはしたが、目を合わさなかった。

「今日は叔母さんのところにいくんだよね。学校が休みなら私も一緒にいきたいのにさっ」

明るく振る舞った。

「大事な用があるから、また今度ね」

「出かけるのか」

父が訊くと、

母は、ええ、の一言で答える。

「じゃ、お土産、買ってきてね。あのお店のケーキだよ。忘れないでね。絶対よ」

母は同じように、ええ、と答えた。

それにしても気分の良くないときに外出しなくてはいけない大事な用とは一体なんなのだ

ろう。

今日は子供がいますから、もう、の声がよみがえってきた。

あれから私や父の留守中にあの電話がかかっているのか、いないのかさえわからない。ただそのことで母が父に対して距離を置き始めている原因となっているのではと感じられてしかたがなかった。

このころの母は、たしかに普通ではなかった。ではなにが母から平常心をうばい、気持ちを沈ませていたのか。ひょっとしたら、あの電話口の奥深くに潜んでいた目にはみえない魔物と戦っていたのか。

それとも魔物の正体は見えていても、母の力では取り除くことは難しかったのか。私はあれこれと考えてみたが、確かな答えが出せるわけもなかった。


私はまだホテルのベッドのなかにいる。

仰向けになったまま、両手を上げ、大きな背伸びをする。それを二度繰り返し、最後にもう一度。

父は目覚めのよい朝には決まって、この三度の背伸びをした。二度目と三度目には、おうぅ、うぅ、の声をあげ、まるで親しい人に体を抑え込まれ、反撃をくらわすときに出しそうな、苦しげではあるが、体全体に快感を滲《にじ》ませ、どこか甘さがあり、決して嫌がってはいない声。

この父の習慣をパールが見ていた。

父のあの声を聞くと、それに呼応するかのように、前足と後足を踏ん張り、背中を高く上げると、次は腹を床面に近付け、全身を伸ばし切る猫ポーズで、ニィヤオゥ、ヤオゥ、と甲高い声を出した。まるで父の伸びポーズのイントネーションを真似ているようだ。そのしぐさが可愛いらしくて、その度に母と顔を見合わせ微笑んだものだ。

このパールが家族の一員となったきっかけは、母の友人が運んできた。

「散歩の途中でひろったの。生まれて半月くらいかしら。首輪もないし、痩せてるしで、つい可哀相になって抱き上げてみたけど、ほらっ、この人相でしょう。がっかりしてしまって。でもね。これでは誰もひろってくれないだろうと思うと、がっかりが気の毒に変わってしまって」

その人は仔猫の頭をなで、

「ところが連れて帰ったまでは良かったけど、てっきり女の子だと勘違いしてしまって。男の子なのね。まずいなって。ほらっ、うちにはシャムの女の子がいるでしょ。まだ七歳だから妊娠の可能性はあるの。ミックスした子が生まれては困ってしまうものだから」

どうにかならないかしら、とでもいうように、その人は母を見ていた。

仔猫は体が小さいので、それなりの可愛らしさはあるが、目と目の間がひろく、鼻先が上に向き、ひねた成猫顔の縮小版といったところ。その友人が嘆くのも無理はない。

その友人は家の玄関さきで長話をして帰ったが、母の腕には真新しいタオルに包まれたブス顔がすっぽり入っていた。

それでも一緒に暮らせば、情がわいてくる。ブス顔も見慣れてくると愛嬌があり、案外可愛らしいものだ。それどころか、次第にこの崩れが愛おしくなってきた。

家族はみな動物好きだ。パールは大切にされ、徐々に生活環境にも馴染《なじ》んでいった。その後の何年間は父と母、私との平穏な暮らしが持てたが、長くは続かなかった。

母を失った翌年のことだ。

父の会社の経営状態が悪化して、倒産に追い込まれてしまった。家、土地を手放し借金はなくなったが、預貯金は僅かしか残らない。

これから先、一戸建てに住めることは望めそうもない。大きな家を構え、経営者の立場にいた父は生活環境がはげしく変わったこの町に住み続けるのは、つらかったのだろう。

私は私で、母の想い出の詰まったこの地で暮らすことを望んでいなかったせいもある。父と娘はこの町を出ることを決めるのに、それほどの時間はかからなかった。

転居先でアパート暮らしになるのは覚悟のうえだ。だがパールを連れていくとなると、家探しの制約も多くなる。迷いに迷った揚句、パールを連れてきた母の友人宅に電話を入れてみた。

こちらの家の事情を知るその友人は、引き取ることを快く受け入れてくれた。飼い猫のシャムが高齢になり、妊娠の心配はなくなったせいもあった。

いまでは親しかった友人たち、校門に立つ私を気にかけてくれた先生の消息もわからない。知ろうとすれば、それはできないことはなかったかもしれないが、あえてそれをしなかった。叔母、ヤサイおじさんには転居先を知らせてあったが、それも長い歳月のうちに、途絶えてしまっていた。

その間、不思議と過ぎ去った日を懐かしむ気持ちや寂しさはわいてはこなかった。いや、その感情すら忘れかけていたといっても良いのかもしれない。

日々の生活に追われていたのは事実だが、ときの流れに心と体を添わせ、逆らわず、ゆだねることによって、いまを生きる術を無意識のうちに、身に付けてきたのかもしれない。

私はベッドから体を起こす。

額縁のなかのペルシャ猫をながめ、父のポーズをもう一度真似てみる。天井に手のひらを向け、両腕を伸ばす。伸ばし切ったあとで、背を曲げ、お辞儀する格好で布団に顔を埋めた。

こんな伸びやかな仕草をする父の姿と久しく出会ってはいなかったことに気付く。

昨日の朝、アパートを出たときには、この町行きの列車に乗るなど考えてもいなかった。

仕事上で大きな契約がとれ、久し振りに気分も乗っていた。気難しい得意先で、そのぶん気苦労も多かったが、上司にねぎらいの言葉をかけられたことも背中を押した。

「年休をとってもいいですかね」

冗談まじりにいうと、上司はワイシャツの袖口を折り返しながら、

「ああ、いいけど。えっ、明日からって。急だね。しかたがないね。この決断の早さが、仕事に活きるときもあるからね。ただし、週明けの火曜には大事な仕事が入っているから、それに間に合えば」

と返ってきた。

職場環境はたえず厳しい。契約が成立しなければ、日曜出勤もめずらしくなかった。土曜に休暇がとれることはそう多くはない。ましてや週明けて月曜にわたって休めるのは滅多にない。

この機会を逃したくはなかった。休憩室にかけ込んで、ホテルの所在の有無を確かめ、すぐに予約を済ませた。

仕事が終わると、午後七時を過ぎていた。

七時五十六分発の最終列車に間に合わせるため、駅までタクシーを飛ばした。

少しばかりの待ち時間を利用して、父に電話を入れた。

「ちょっと旅行してくるね」

えっ、と父は驚いた声を上げた。

「どうしたんだ。今朝出かけるときは、なにもいわなかったじゃないか」

娘を責めてはいないが、戸惑っている。無理もない。

「急に休暇がとれたの。月曜には帰るから、心配しないで」

「せっかく作ったのにな。今日のは格別に旨いぞ」

金曜の夕食メニューはシーフードシチューと決まっていた。母がいるころからこの習慣は変わってはいない。父は疲れて帰る娘のために痛みのある足を庇《かば》うようにして台所に立ち、シチュー作りする。ただあのころと違っているのは、母は小麦粉とバター、生クリームを使い、ルーを手作りしていた。父は市販のルーを使うが、それでも充分美味しい。

「格別なの」

「ルーからだからな」

「めずらしいね。それでお母さんと同じ味になったの」

「近いかもな」

「じゃ、冷蔵庫のチルドに入れておいて。帰ってから食べるから」

「わかった。じゃあ、気を付けてな」

父はどこにいくのか。誰とだ、などとは尋ねもしない。私もいわない。行動を干渉されることはない。ひょっとしたら男性と一緒だと思っているのかもしれないが、それはそれで良い、という気持ちが私にはあった。

だが、いくらさっぱり派の父でも、今度の小旅行の行き先を正直に父に話せば、なぜ、いまさら、なぜあの町に、と考えるだろう。父にとってはすべてを捨ててきた町のはずだから。娘は娘と割り切ってはみても、訝《いぶか》ることは間違いないだろう。


私は伸びポーズを崩し、ベッドからおりる。

身支度を調え、一階のフロントに向かった。かつて父と母と一緒に利用していたレストランの場所はロビースペースに変わっていた。そこには三十代半ばくらいの夫婦らしい二人連れの客が腰をおろしていた。

フロントには昨夜の男性ではなく、丸顔で小柄な女性が入っている。

近寄っていくと親しみを込めた目を向けた。私はカウンター越しに声をかける。

「お尋ねしたいことがあるのですが」

女性は小首を傾げた。

「以前このホテルで働いておられたヤサイさんという方の消息、わかりますか」

女性は心持ち眉と上瞼をあげる。

「レストラン勤務だった、矢西でございますか」

「ええ」

「いまは現役を退いていますが、元気でおります」

「実は私、二十五年ぶりにこちらに伺いまして。ヤサイさんとは、それからお会いしてないものですから」

女性は、それは、それは、と好意的な表情を浮かべ、

「たまにここへ顔を出しますから、連絡をとってみましょうか」

話し方に落ち着きがある。五十代前後か。

「お願いできますか」

「結構ですよ。では、ちょっとお待ちいただけますか」

そういうと女性は視線をカウンターの下におとし、電話番号を検索しているのか、パソコンを操作し始めた。

このホテルと当時住んでいた家までの距離は車なら七、八分程度。歩くと山道の起伏があるせいで小一時間はかかる。運動を兼ねた散歩コースとしては悪くなかった。

両親とよく歩いた道で、父は日ごろのコミュニケーション不足を補うかのように、母と私をときおり散歩に誘った。

春にはヤマザクラ、ツツジ、花水木、秋になればコスモス、彼岸花、金木犀《きんもくせい》などの四季折々の花たちを愛で、父と学校であったこと、友達のことなどをお喋りしたものだ。

父は私のたわいもない問いかけにも、言葉をさがし真剣な表情で答えてくれていたが、そんな二人をみつめる母も嬉しそうだった。

パールはというと、家を出るとき姿が見えなくても、どこからか現れた。パールの身のこなしは顔に似ず、機敏で茂みに隠れたかと思うと、前後左右、さまざまな角度から出没して驚かせ、私の遊び友達としても、格好の相手になっていた。

そんな日はそのままホテルのレストランに向かうことが多かった。パールはその辺りはよくわきまえていて、山道の出入り口付近に来ると、疲れてしまうのか、それとも人の往来が多くなるせいか、母の足元にすり寄り、抱いてくれと甘えるのだった。

ホテルに着いても、パールはなかには入れない。厨房裏のドア口に繋がれて、私たちの帰りを待っているのが常だった。

ヤサイおじさんはパールのいる気配で、私たち家族が来ていることがわかるのか、必ずといっても良いくらい厨房から顔を出した。肥った体に白のコックコート、同色の帽子、コック長を示す赤い四角布のタイをきりっと締め、それがまた良く似合った。

父と目が合うと、おっ、おう、と声をかけ合う。父のかけ声は、おっ、ではなく、おう。声域はテノールでもなくバスでもなくバリトンといったところ。

ヤサイおじさんは、おっ、の声と同時にあの分厚い手のひらをあげた。声域はバス。威圧感があるにはあるが、短い足にふとった体、愛嬌のある風貌が、ドス声をやわらげた。

二人の会話は短い。気心の知れた者同士だけが理解し合える親しみが滲み出ていた。そんな二人の顔を交互に見ては、私も嬉しい気持ちになったものだ。

母が亡くなってからも、父は閉じこもりがちになった私を心配してか、以前にも増してここに連れてくるようになった。

私がヤサイおじさんを慕っていたせいもある。

ヤサイおじさんの作るふわふわ卵のオムライス。それとすりおろしりんごと玉ねぎ、ケチャップ入りの濃厚ソースがかかったハンバーグ。海老とコーン入りドリアが好きで、これらを交代に頼み、季節の野菜がたっぷり入ったサラダは欠かさなかった。

「さっちゃんは今日もサラダがあるね。野菜は体にいいもんね。それとも、ますます綺麗になるためかい」

と笑い、

「おじさんは小さいころから野菜が嫌いでね。肉ばかり食べていたんだよ。だからこんなに横にばかり大きくなったのかなあ。でもね、名前はヤサイっていうんだよ。おかしいだろう」

私の肩に手を当て、大きな体を揺らして、また笑った。

「漢字で書くとね。えっと、弓矢の矢に東西の西、って書いて矢西」

顔を覗《のぞ》き込み、

「もうこんな話、何度も聞いてるよね。聞き飽きたよね」

といいながらも、また次に来ると同じことを繰り返し、私を元気づけてくれるかのように、くったくのない笑い声を出した。そんなとき私は、また同じ、と内心あきれていたが、しかたがなく笑いに付き合った。

ヤサイおじさんの料理は文句なく美味しい。でも記憶力の方はまったく駄目なのではと本気で考えたりもしたけど、ホテルで出す何十種類のレシピは完璧に頭に入っているし、その食材の産地や収穫時期はもちろん、栄養成分、その効能、食品の食べ合わせの良し悪しまで知っている。まるで野菜博士のように、すらすらと答えた。

それでもヤサイおじさんは知的には見えない。コック長なのに食事中の私たちのところにきて、大声で笑ったりして、フロントマネージャーに睨まれたりしている。

たいていは、どうでもいい話をしているので、厨房はいいのか、と父が訊くと、そうだね、そうなんだよ、と慌てた振りをして戻っていく。

ヤサイおじさんは私たち家族が好きだったようだ。とくに、母は、だったかもしれない。

父と二人でこの町を去るときには、駅の噴き上がる噴水のまえでヤサイおじさんは慈しみを帯びた目を私に向け、

「また会えるよ。必ず、会おうね」

あの分厚い手のひらで私の頬を包み込み、顔を近付け、額と額を合わせてきた。

あれから長い年月が経ち、働き盛り年齢だったヤサイおじさんも、いまでは七十歳は超しているのだろうか。


受話器をおいたフロントの女性は、にこやかな顔をして私に伝えた。

「矢西はこちらに向かうから、待っていて欲しいとのことです。三十分はかかるようですが」

私は礼をいうと、待ち時間を利用してロビーの片隅にあった、小さなファッションショップに入った。

髪の乱れが気になっていた。品揃えは少なかったが、そのなかから黒地にグレーの小花模

様の帽子を選び、父の土産にどこにでもありそうな無難な柄の扇子を買う。

ロビーに戻り、しばらく待っていると背後から、おっ、おっ、のドス声に振り向いた。そこには手のひらをあげる、あの懐かしいポーズをしたヤサイおじさんが立っていた。

「さっちゃんだよな。そうなんだな」

あのころの口癖はまるで変わっていないが、あの手のひらは心持ち薄くなっている気がする。

「本当に長い間、ご無沙汰して失礼をしました。お元気でしたか」

「この通り、元気でいますよ」

ヤサイおじさんは胸を叩いた。

「それにしても、見違えてしまったね。綺麗になってしまって」

例の一本調子のイントネーションも変わってはいない。

「いえいえ、もういい年ですよ」

「そんなことないよ。でもね、もう、さっちゃん、はないよね」

「いえいえ、それでいいですよ」

答えると、嬉しそうに、うん、うん、うん、と三度、うなずいた。

「久し振りだなあ。久し振りすぎるよな。あれから何年経つのかな」

「そろそろ二十五年近くですか」

「そうか、もうそんなになるのかあ。俺も年をとっただろう。当たり前だよね。頭も薄くなってしまって。そうなんだよ」

というと、いったんは下ろした手を、再び頭に持っていった。

「で、またどうしたんだい。急に。フロントから、さっちゃんの名前を聞いたときには驚いてしまったよ」

「すみません。連絡もせず、突然伺ってしまって。会社で思いがけなく休暇がとれたものですから。なんだか、ふいに来たくなってしまって」

「ふい、に、かい」

ヤサイおじさんは不思議そうな顔をして、

「それで、さっちゃん、一人で来たのかい」

「ええ、父は足を悪くして、なかなか遠出が難しくなっていますので」

「足をなあ。でも体が悪いわけではないんだろう」

「ええ、なんとか」

「そうかい、そうかい。それなら良かった」

それからのヤサイおじさんは、結婚はしたのかい、とか、あれからどうしてたんだい、とかは一切訊いてこなかった。私もあえていわなかった。人のことを必要以上に詮索しない性分は父と似通ったところがある。ただヤサイおじさんは自分のことは饒舌《じょうぜつ》になる。

お父さんとは駅で別れてからは、ほとんど連絡を取り合っていなくて、特にここ十数年はおたがい音沙汰なしだということ。住まいは変えたが、いまも独り暮らしで年金生活をしていること。健康を考えて、運動は欠かさない。

などなどをくったくのない笑顔で、ときおり例の、そうなんだよ、とか、そうなんだね、を以前と同じタイミングで付けた。

その場の雰囲気が和み、ヤサイおじさんの話が一段落したころ、私は思い切って訊いてみた。

「ところで、いろいろあったあのころのこと、おじさん、いまでも覚えてくれてますか」

「あのころって、あのころのことかい」

「ええ」

「もちろんだよ」

「私の家の事情も」

「えっ」

ヤサイおじさんは目を見開き、

「例えば」

「母のこと、とか」

このとき、ヤサイおじさんは私の、ふぃ、の中身を察したようだ。

「たしか、あのころのさっちゃんは、小学五年か六年だったね」

ヤサイおじさんは確かめるように、ゆっくりと私に視線を移した。

「父さんからはほとんど聞かされていませんので」

「そうなんだね」

「会社のことも、上手くいかなくなった、とだけ」

「まあ、それが一番の原因だからね」

「ということは、他にもなにか」

「いやいや、そんなことはないよ」

ヤサイおじさんの表情には不自然さが滲み出ている。

「おじさん、知っていることがあれば、教えて欲しいのですが。あのころ母の様子もどうもおかしかったものですから。なにか思いつめたような……」

「知っていることといっても」

ヤサイおじさんは眉間に皺を寄せた。ゆみさんのことねえ。お父さんは話さないのだろう。それをおじさんから話して良いものかどうか。そうなんだよ」

ヤサイおじさんは顎に手を添えた。

「私が二十五年ぶりにこの地に来たのは、初めっからはっきりした目的や理由があったわけではないんです。漠然としたもので、本当に、ふいに思い付いて、が本当のところなのですが」

ですが、をもう一度繰り返し、

「私も母の年齢に近付いてきたせいもあるのでしょうか。やはり、もっとあの当時のことを知りたい。少しでも知っておきたくなりました。そんな気持ちを心のどこかにずっと持ち続けてきたような気がするのです」

私の声のトーンが落ちてくる。

「あのころの母はぼんやりしたり、心ここにあらずといったような、子供にもわかるような変化があったから、なおさらです。いまでいう鬱状態ではなかったかと考えたりもするのですが」

ヤサイおじさんの顔を見つめる。

「父も高齢になりました。この先、この話題には触れないでしょうし、仮に私から話しかけても乗ってはくれないでしょう。私もあえて触れさせたくはありません。できるなら父をこのままそっとしておきたいのです」

視線を自分の膝のうえに移す。

「ここでおじさんと会えたのも、偶然とは考えられなくて。目には見えないけれど、母の力を感じてしまうのは思い込みでしょうか」

ヤサイおじさんは一気に喋り続ける私を、まばたきもせずに見ている。

「さっちゃんの気持ちはわかるけどね。実はおじさんもよくは知らないんだ。だから話せることはほんの表面的なことでしかないけど。それでいいかい」

私は長めのまばたきをして、身を乗り出した。

ヤサイおじさんは、なんでもね、といい肩を上げ、一度、深い呼吸をした。

「会社の資金繰りが行き詰まったとかで、銀行から借り入れができなくなってしまったんだね。お父さんはニット製品を製造、販売する工場の経営者だったことは、さっちゃんも知っての通りだけど、メインバンクからはもちろん、どこの銀行からもそっぽを向かれて、それでやむなくやみ金に手を出してしまったらしいんだよ。それが躓《つまず》きを大きくしてしまったようだ。ほら、ああしたやみ金の取り立てはきついだろう。返済が少しでも滞ると、容赦のない催促があってね。初めは会社に電話をしてきたんだけど、そのうち家の方まで、電話が入るようになったんだね。家ならとうぜん、ゆみさんが応対するだろう。でね、揚句の果てに父さんにいえないような条件を出されて、ゆみさん、一人で抱え込んでしまったんだね」

「父さんにいえないような条件って」

反射的に訊いていた。

「もう、さっちゃんには話しても良いよね。ゆみさんも許してくれるだろう」

自分にいい聞かせるようにいうその口振りから、ヤサイおじさんの緊張が伝わってくる。

「実はね。そのやみ金の相手のなかに、やっかいなヤツがいてね。返せないなら、ね。ほら、良くある手の、ほら、体だよ。それを要求されてね。借金をチャラにしてやるって。ゆみさん、大人しくて綺麗だろう。だから目を付けられたんだね」

私の顔がこわばり始める。

「そんなことできるはずもないよな。仮にだよ。仮にそれに応じたとしてもね」

ここまでいうと、ヤサイおじさんは慌てて話を止めた。

「あっ、ごめん。ゆみさんに限ってそんなことあるはずないね」

「仮に、応じたとしても、なんですか。おじさん」

「えっ、ええっと、なんだ。うん、なんだよ。相手はそんなことをいうヤツだ。図に乗ってこれから先もなにをいってくるかわかったもんじゃない。そんな約束、あてになるはずがないじゃないか」

それはそうだ。いまの私なら、充分理解できる。

「ああいう性格のゆみさんだから、こんなことまで、お父さんにもいえなかったようだね」

父さんにいえなくて、ヤサイおじさんにはいえたのか。それを見抜くように、
「いえね。あの事故があった日、どうも様子がおかしかったから、おじさん、強引に訊き出したんだよ。というか、いいにくい話だから、すべて喋ってくれたっていうより、そこは大人同士の会話だ。ゆみさんの短い言葉の端々で、おじさんが察したんだけどね。それとね。あのころ、さっちゃんの家の庭でボヤ騒ぎがあっただろう。あとから、やみ金が家まで来て、今度はボヤでは済まないぞ。生命保険や火災保険があるだろうが。それで返せって脅迫されていたんだよ。それでこの間のボヤは、やみ金の仕業だということがわかったんだ。家族が寝入ったところをやられたら、命にかかわるからね。ゆみさんの恐怖心は相当だったろうよ。理性を失いかけていたんだね。それで思いあまって、やみ金の男のところへ出かけようとしたらしいよ。そうなんだよ」

思い起こせば、母の様子が大きく変化したのは、このころだったかもしれない。

「でも母は男のところにいかずに……」

「なんでも、さっちゃんにケーキ買うのを、思い出したから、って。でも、おじさんの家に来たときは、ケーキはなかったけどね。まあ、それはともかくとしても、このままではいけないと思い、おじさんはきちんとお父さんに話すようにいったんだ。当然だろう。お父さんもここまでの脅迫を受けているとは考えていないだろうから。そのうえで警察に届けるなり

するように勧めたよ。やみ金のやつは、ボヤを出したことや、脅迫したことなんか、しらを切るに決まっているけどね。ゆみさん、しばらく考え込んでいたけど、そうします、って。決めたんだね。追い詰められて、追い詰められて、遅すぎた結論だけど、これは誰も責められないよ。それからのゆみさんは気を取り直したのか、レコードを聞きたくなったとかで、ステレオの置いてある部屋に入っていったんだ。それで、あの事故にね」

ヤサイおじさんは目を伏せた。

「さっちゃんにはこんな脅迫話は、遠い昔のことにみえるだろう。古くさい時代劇に出てくる金に不自由のない大旦那や悪代官のいいそうなセリフだもんね。それがね、そうでもなくてね。しょせん、人間なんてものは今も昔も本質というか、根っこのところでは同じで、たいして変わらないということなんだね。それに、いまほどは犯罪まがいの貸金業者の取り立てに、警察の取り締まりが厳しくなかったから。利息制限法とか出資法とかの法律もあるにはあったけど、その辺はやつら、良く調べ上げて、法すれすれのところで動くからね」

「母は父にもいえず、一人で苦しんでいたのですね」

それをいうのが精いっぱいだった。

ヤサイおじさんは黙って私を見つめている。

運動会の翌日、子供がいますから、の母の電話の声はこんな事情があったのか。ヤサイおじさんは表面的なことばかりではなく、核心に近い内容を知っていた。

「いまさらだけど、謝って済む話ではないけれど、あらためて、あらためて、事故のことは本当に悪かった」

ヤサイおじさんは両膝に手を置き、頭を深く下げた。

「母はおじさんのところに、ときどき伺っていたのですか」

訊きにくいことを、私は口に出していた。

「いやいや、お父さんと一緒に、二、三回来たことがあったけど。それだけだよ」

ヤサイおじさんはあっさりいうと、

「なにかい、さっちゃんはおじさんが、お父さんに秘密でゆみさんと会ってた方が良かったかい」

私の顔を覗き込み、

「冗談いっている場合じゃないよな」

口元を引き締めた。信じることにする。

ヤサイおじさんと別れたあと、私は駅前のロータリーに向かった。交差点で信号待ちをしていると、その対角線上の角地にあるレストランに、二人連れのサラリーマン風の男が入っていくのが見えた。

そのうちの一人に見覚えがあった。たしか小学校の同級生。顔を合わせたくない気持ちが働いたが、昨夜遅くに缶ビールを飲んでからは、食事らしい食事はしていない。空腹感は強い。周辺には食事のできそうな店はありそうもなかった。

買ったばかりの帽子を深めに被り、二人連れの入った店に入る。同級生らしき人物はテーブル上に書類を広げ、顔を突き合わせて、なにやら話し込んでいた。

店は広くない。背中合わせの席に座ったが、気付かれた様子はない。牡蠣《かき》フライ定食で腹を満たし、ふたたび駅前のロータリーに戻る。

私にはどうしてもいっておきたいところがあった。ヤサイおじさんに会い、あのころの話を聞き、家の事情や母の苦悩を知ると、その気持ちがさらに強まってきたせいもある。

それはこの町を出ていく直前まで父と住んでいた家。

母とパールと暮らした家。

客待ちをしているタクシーに近付く。初老の運転手は後部座席のドアを開いた。行き先を告げた。

「あそこかねえ」

運転手は焦点の定まらない目をして、

「あそこはねえ、いまじゃ車が入れないんじゃねえの」

眼鏡の上から細い目を吊り上げ、私の顔をまじまじと見る。

「あんたさん、地の人ではないねえ」

黒のスキニーパンツにざっくり編み込んだラメ入りのオレンジのケーブルニット。光沢のあるルージュに、帽子を被る姿は、この町も変わったとはいえ長年住んでいるようには見えないのか。

「昔は住んでいましたけどね。運転手さんは地の人ですよね。それなら煙突のあった家のこと覚えていますか」

「ああ、たしか別荘のような家が何軒か建ってたわな。煙突のある家ねえ。あったかなあ。ああ、あったな。ちょっとばかし外れたところに、一軒だけ離れてたな」

父の会社が羽ぶりの良かったころ、知り合いから譲り受けた家だ。

「いまじゃ他の何軒かも、引きはらってしまって誰も住んでないんじゃねえの。なにかい、そこにいきたいのかい」

「ええ」

「あそこはねえ、歩いていくしかないじゃねえの。車が入れるのは山道入り口の手前までだなあ。だけど、歩いていくのにはちょっとばかし遠いかねえ」

歩けない距離ではないが、いけるところまでは車を使いたかった。

「そうだなあ。山道に差し掛かる手前までなら、なんとかなるか」

そこまでなら車なら五、六分しかない距離だが、乗っていくことにする。

運転手は人の良さそうな人で、山道入り口のぎりぎり付近まで車を付けてくれた。

「ここからだと、歩くと三十分ちょいだな」

運転手の声を聞きながら、ワンメーターの支払いを済ませる。

当時の山道は小型車がかろうじて進める道幅はあったはず。だが、いまでは行く手を阻むほどの枯木や雑草がのび放題だ。

素手で払いのけ、歩みを進める。足元には大小の石ころが転がり、緩やかな傾斜のあるでこぼこ道を跨《また》ぐようにして黙々と歩いた。

だが果たして、このまま進んでもあの家が残っているかどうか。あの地元の運転手が現状を知らないほどの忘れられた土地だ。その望みはないに等しいのかもしれない。

だが私は何者かに背を押されるように、歩みを止めることはなかった。

漂ってくる草木と土の匂い。昨夜ホームに降りたったときに鼻先を通り抜けた匂いと同質のもの。街中では感じ取れない空気感が体を包み込む。

どれほどの時間が経ったのだろう。バッグに仕舞い込んだ時計を取りだしてみると、三十分をはるかに超えている。

腰を伸ばし、空を目上げると、見覚えのある遠景が目に入った。あの山の稜線はたしかに記憶のなかに眠り続けていたものと同じ、ということはこの辺りの地が私たちの家があった場所なのか。

周囲は雑草が生い茂り、長年、人の手が入った気配はない。少し離れたところにあったはずの隣家もなく、そのまた隣もない。

この地がかつての家のあったところであるという確証は、なにも残ってはいない。ただ、この遠景だけが唯一の記憶の確証。

しばらく佇《たたず》んでいたが、太陽が沈みかけている。ゆっくりと懐かしさに浸っている暇はない。踵《きびす》をかえし、草むらに一歩踏み出す、と同時に枯葉の下から、グシャリと固形物が壊れていく乾いた音がした。

んっ、足裏に妙な感覚が走る。腰を屈めて、枯葉を取り除いてみる。薄汚れてはいるが土中に白っぽい破片が散らばっていた。

こんな場所にこれは一体なに。私はなにを踏みつけたのか。ひとかけらを手に取ってみる。それは骨系の質感と形状が僅かに残っていた。親指と人差し指で擦り砕いてみる。思ったより硬く、完全には潰し切れない。

ミリ単位の荒い粉が指先から滑り落ちていった。勘が働く。もしかして、まさか。手のひらに残った小さなかけらを握り締め、胸に押し当ててみる。そのとき、ニャオウ、ニャオウと鳴くパールの声が、背後で聞こえた気がした。

驚いて振り返る。周囲を見回してみるが、それらしき姿はない。それでも名を呼んでみる。三度、呼んでみる。答えが返ってくるはずもない。

私は立ち尽くしたまま、茫然《ぼうぜん》とした意識のなかでつぶやいてみる。

おまえもここに帰ってきたのか、と。

喫茶しゅわり

シャワーを浴び部屋にもどると、スマホから着信を知らせる緑色の発光体が点滅している。無造作に置かれたそれは文庫本の端に上半身を浮かせ、この不安定な姿勢をなんとかしてくれと喘《あえ》いでいるようにも見える。

マナーモードにしてある。うるさくはないが、ぼくは連日の職探しで疲れていた。見なかったふりをして、タオルを首にまわしゴロリと床に横になる。

今日も朝早くから職安へ出かけ、顔なじみになった担当者から紹介状を受け取ると面接を受けるため、その足で会社に向かった。

通された控室で待っていると、鼻がピクついた。カビ臭がする。一見清潔に保たれた部屋。埃《ほこり》一つない。それなのにこのまま居続けると鼻の通りが悪くなることはわかっていた。

面接する方と面接される側とを仕切る衝立はあるにはあるが、会話は丸聞こえ。この気遣いのなさと鼻ピク反応とで、早くもこの会社との相性の悪さを感じ取っていた。

控室にはぼくを入れて四名。二十代から三十代辺りの男ばかり。受け付け順なのか、ぼくは最後に名前を呼ばれた。面接官は三名。こちらもすべて男。椅子に腰を下ろすと、ドロリと淀んだ液体が鼻から流れる気配。慌ててポケットからティッシュを取り出す。

遠慮はしなかった。静かな部屋にズルズルと耳障りな音が響いた。中央にすわる黒縁メガネの面接官は書類を一枚めくり、顎を引き上目遣い。

「風邪ですか」

と訊くから、いいえ。

「花粉症かね」

「そうかもしれません」

「なにが原因なの。スギかヒノキ、それとも」

しつこく訊くので、そっけなく、さあ。

面接官は眉をひそめた。まずい、と思ったが、もう遅かった。


相変わらず足元には口パクを続ける発光体。思うように声がだせない苛立ちか、身もだえて文庫本からずり落ちた。ゴツンと音がして、金属と木質との不快な摩擦音。

ギリグ、ギリグ、ギリグリ。しつこい、と舌打ちをしたものの、ひょっとして、妻のあゆみかもしれないと膝を伸ばし足先で引き寄せた。

発光体上に示された黒文字の表示を見る。井本元子《もとこ》。

出ないわけにはいかない。

「三十回もコールしたのよ」

「シャワー中」

最短の説明で済ます。

「あっ、そう。悪かったわね」

口先だけの詫びたふりをする。

継母である元子さんはよほどの用がない限り、ぼくに連絡などしてこない。

「けいぼ」というと、先入観で夫の連れ子を冷たく扱う、ママハハ像を連想してしまいそうだが、元子さんにはそうした陰湿さはない。たとえ血の通った親子だとしても、いまのようなそっけない会話を二人は交わすだろう。

懐かしささえ感じてしまう元子さんの久々の声。

「あのねえ、頼まれごとしてくれない。失業中でしょ。時間、あるよね」

なんで知ってるの、と訊くまでもない。あゆみとは連絡を取り合っている様子。やっかいなことに元子さんは依頼事があると、母親であることを最大限利用してくる。その物言いは一方的で高圧的。本人は気付いているのか、いないのか。断らせないぞ、の意識が元子さんのなかでは無意識に働いている。

「なんだよ」

迷惑気にいう。

「えっとねえ。ゆきおさん、誘拐してくれない」

「唐突すぎて意味不明」

元子さんはたまに突拍子もないことをいいだす。

「なに、それ」

と返すと、とりあえずは訊いてみる気持ちはあると解釈したのか、

「定年になってから、しばらくは仕事があって良かったけど、いまは一日中家にいるでしょ。仕事一筋できた人だから、これといった趣味もなくて、やることがないから、暇さえあればテレビを観るか、本を読んでるの。別に悪くはないけど、気になるのはときどきぼんやり遠くを見て、溜息をついて。暗すぎるのよね。それに近ごろ物忘れをするの。ちょっと心配。それとね、わたしへの干渉も始まって、食べ過ぎ、飲み過ぎ、何時に帰るのか、って、いちいちうるさくて」

誘拐、などというが、要はゆきおさんこと、おやじを外に連れ出してたまには面倒をみろ、とでもいいたいのか。ぼくはぶっきら棒にいう。

「そのうち慣れるよ」

「人のことだと思って」

たまに電話をしてきたら、こんなことか。スマホから耳を遠ざける。途端に、

「聞いてるの」

見えているのか。

「おう」

「なら、なんとかいったら」

ときたから、おう、おうと繰り返す。

「ほかでもない。あんたのおやじさんよ。おやじさん、おやじさん」

ご丁寧に三度も繰り返した。

元子さんのこのくどさには理由がある。

おやじと元子さんは、ぼくが小学校四年生のときに同棲を始めた。結婚ではなく同棲。こうした形をとったのには、元子さんの両親の反対があったから、だそうだ。その理由を訊いたこともないが、単純に考えれば子持ちの男とは、娘を結婚させたくないといったところか。

何年かして元子さんの両親が折れて籍を入れたが、しょせん夫婦は書類上の婚姻関係で成り立つ形式上のもの。いってみれば他人。おやじとぼくとは切っても切れない血の繋がりのある親子。

世間一般の常識では、おやじになにごとかあった場合、戸籍上の妻である元子さんに面倒をみる義務があると判断するのが普通だが、元子さんのいい方は、まるで血の繋がりがあるぶん、ぼくの方にも等分、いや、ひょっとしたらそれ以上に責任があるというニュアンスをふくんでいる。

元子さんらしい発想といえばそれまでだが、日ごろの言動や性分を考えると、素直に感じたまま口にだしたまでで、計算し尽くした悪意からではないはず。

さらりと聞き流す。

「わたしがストレスで倒れてもいいの」

助けを求めてきたのだから、少しくらい遠慮があっても良さそうなのに、元子さんはカラカラと意味不明の笑い声を立てた。

実母は四歳の誕生月を迎える直前に子宮ガンで亡くなっている。九歳という年齢で迎えた父親の再婚も、この笑いについつい誤魔化されてきた気がする。

元子さんと初めて会ったのは都内の遊園地だった。元子さんはぼくの好きなフランクフルトを両手に持たせ、いま思えばなんとも臭いことをいい出した。

「これから一緒に暮らすのよ。お母さんになるけど、おかあさんって呼べるかな」

まごつくぼくに、

「じゃあね、こうしよう。モトコさん、でいいよ。モトコさん、いいねえ。この方が嬉しいね。若い男性にそう呼ばれるのは」

といい、おやじを振り返り、いまと同じカラカラ笑いをしていた。

昔ながらのママハハストーリーではないけれど、ぼくは、おかあさん、と呼ぶのには抵抗があった。ましてや、モトコさん、などとはとんでもない。半年近く、あの、とか、ちょっと、で済ませてきたが、その都度元子さんは腰を落とし、

「ひさしくん。あのねえ。わたしはモトコさん」

眉と口角を心持ち上げ、優しくいい聞かせるようにいうのだった。念の入ったことにおやじにもそう呼ばせ、ぼくが自然に馴染むのを待っていた。

「仕事見つかってないでしょ。そうそう簡単にはいかないわよね」

元子さんは心配しているのか、からかっているのか。

「そろそろ焦り始めたころじゃないの。焦りは禁物、ろくなことにならないから、気分転換に、おやじさんと旅行でもしてきたらどう。一週間、それが難しければ三、四日でもいいから」

必要経費とは別に一日五万円のバイト代を出すという。内心、おおっ、と叫びたくなったが、金に釣られていると思われたくない。鼻水をズウリとすすり込む。

元子さんのなかでは即答しないということは、この提案はあえて拒むほどでもない。よって了解、という解釈になり、話は一方的に進んでいく。

元子さんは大手スポーツメーカーのデザイン関係の仕事をテレワークしているので、ときどきはまとまった収入が入るようだ。もともと太っ腹なところがあり、体型もやや太めのぽっちゃり型。あゆみは細身だが腹が据わっている。心の持ちようは体型にイコールするはずもないが、共通するのは二人とも経済力があるという強みと、滅多に風邪も引かない丈夫な体だということ。

ぼくはというと失業まえは大手ではないがIT関連の会社に勤めていた。膨大な仕事量と叱咤《しった》激励のゲキレイを省いた上司の横暴な態度に付いていけず、体の調子を悪くした。だるさと頭痛に襲われても病院にもいく時間も取れない。市販薬と栄養ドリンクで凌《しの》いでいたが、それにも限界があった。

近ごろでは過剰な時間外労働で自殺者まで出て、大きな社会問題になり法の整備化も進んでいるが、まだまだ中小企業にとっては絵空事に思える。ついには朝起き上がることすらできなくなった。見かねたあゆみが、

「辞めたらいいよ。当面の生活はなんとかするから」

あゆみとは学生時代に食品関係のアルバイト先で知り合った。あゆみはそこのバイト先で

気に入られ、正社員に採用されたが、ぼくは卒業と同時にお払い箱になった。もっともこちらの方も残る気持ちは、毛頭なかったが。

三歳年上の姉さん女房のあゆみと結婚してすでに五年が経つ。退職してからは四ヵ月余り。体調も戻り、職種を選ばなければ、なんとかなりそうだが、大学の情報通信科を卒業している身としては、この技術を役に立てたい。とはいっても中途採用は、新卒以上に狭き門。仕事の性質上、現場から離れる焦りはあるが、あゆみは少なくとも表面上は悠長に構えている。子供が欲しいともいわないから、それに乗っかって甘えてしまう狡《ずる》さがぼくにはある。

かといって、いつまでも食べさせてもらうわけにはいかない。出産年齢も限界に近づきつつある。一日も早く職を見つけたいのだが、今日の面接でぼくの心は腐っていた。元子さんのいう通り、気分をかえるためにも割り切って、この頼みを引き受けるのも悪い話ではなさそうだ。小遣いは稼げるし、孝行面《づら》もできる。

「仕事、今月末の締め切りがあるから、正直、助かる。納期が厳しくってね」

今日は二月二十日。元子さんの安堵の声。

「そういえば、あゆみさん、近ごろ相手にしてもらえないって、ボヤいてたわ」

急に話をかえるから面食らう。

「あちらの方かもね」

またカラカラ笑い。

「どういう意味だよ」

「そういう、イミだね」

あゆみはそんなことまで喋っているのか。寒くなる。まあ、確かに以前と比べると、そりゃ遠のいてはいるが、こちらにも事情ってものがある。

「そこまで入り込んで欲しくないね」

「こりゃまた、失礼しやした」

また口先だけの詫びをいう。

「旅行に誘うということで話してみるよ」

途端に、

「あゆみさんには了解取ってあるから」

すました声でいう。元子さん、手回しが良いというか、早すぎ。


翌日、ぼくは実家の玄関先に立っていた。テレビの音がするので、勝手に上がり込んで奥に進むと、おやじは和室の座敷机に向かい、草木の写真が載った雑誌を読んでいた。

「チャイム聞こえなかったのかよ。鍵も開けっ放しだよ」

「ああ、さっきまで庭に出てたからな」

おやじは気にもしない。

「テレビもつけっぱなし」

そうか、とはいったが、消しにいこうともしない。

「久し振りだな。今日はどうした」

「近くまできたから、ちょっと」

「ちょっとか、呑気なものだな」

来た早々に嫌みを浴びせられた。

「元子さんはいないの」

「買い物にいったよ」

実のところ今朝方、元子さんから午後は出かけるから、その間に来てみたら、と電話を受けていた。

「あゆみさんは変わりないか」

「ないよ」

「今日は仕事か。ひさしの方はどうなのだ」

「思うようにいかなくて焦り始めてしまってよ。気分転換に旅行へでもいってこようかとよ」

ぼくは座敷机の下にあったティッシュを取りだし、鼻をかむ。

「まったく、優雅な身分だな」

「この機会に世の中の見聞を広めるのも悪くないだろう」

調子の良いことをいえたものだと思った途端に、

「仕事探しより見聞か」

嫌みを連発された。

「そんないい方するなよ。なんなら一緒にいかないか」

おやじは眉を上げ、怪訝そうな顔をする。

「二人だけで旅をするなんて、これが最初で最後になるかもしれないだろう。就職が決まって子供でもできたらそれこそ、それどころじゃなくなるしよ」

「子供か。そんな兆候があるのか」

「まるでない」

おやじは苦笑したが、

「旅行も良いかもなあ。で、どこへだ」

予想外の反応に驚く。が、落ち着いて答える。

「決めてないよ。どこでもいい」

「ひさしらしいな」

おやじは開いたままの雑誌を閉じ、身を乗りだしてきた。

「実はな、定年になったらいってみたいと思ってたところがある」

な、なんというスムーズな展開。

「どこだよ」

「愛知県の犬山市だ。知ってるか」

「犬山城があるところだろう。たしかあれは国宝」

「まあ城も城だが、あの町にいってみたい。それとな、欲をいえば空気の澄んだ水の旨いところにもな」

おやじのなかで犬山という町と空気、水とがどう繫がっているのか、いないのか、知る由もないが、実家は地下鉄の駅から歩いて七、八分の場所にあり、南方向に二筋ほど進むと主要道路の交差点がある交通量の多いところ。周辺には大型スーパーにレストラン、ドラッグストアと生活するには利便性は高いが、その分空気が澄んでいるとは考えにくい。水道水は都市部でもかなり味が良くなってはいるが、自然の水に勝るものはないだろう。納得して早速スマホで検索する。

犬山市は観光地も多く、若者にも人気のスポットになっているという。交通の便も悪くない。東京駅から新幹線を利用すれば、私鉄電車の乗換え時間を入れても三時間あれば着く。犬山城下を流れる木曽川の水が宝石の翡翠《ひすい》のようだとの宣伝文句もある。ただしおやじの望む清水がありそうなところになると、期待は薄い。

「しかたがないな」

おやじは水に関しては諦め顔をしたが、出かける気にはなっている。

強引に連れ出す手間は省けたし、場所も決まった。

「同意の上の誘拐ね」

元子さんはまたあのカラカラ笑いをしていうのだろう。

五日後の朝、おやじと新幹線の東京駅で待ち合わせる。

相変わらず淀んだ鼻水がズルリと下りてくる。ホームまで見送りに出た元子さんは、風邪を引いたのではないのと気遣ってくれたが、違うよ、と答える。

「じゃ、花粉症なの」

あの日の面接官と同じ展開。そうかも、と答えると、こちらは、そう、とあっさりと流された。

元子さんはまるで自分が旅にいくような晴れやかな表情だ。複雑な気持ちになる。

そういえば今朝のあゆみも、どこか活き活きとしていた。妻にとって夫というのは、視界からときどきは消えて欲しくなる存在なのか。必要なときに居れば、それで充分なのか。だが別れ際、元子さんは指定席の窓側に座ったおやじを見て、ほんの一瞬だが心配そうな顔付きになったのを、ぼくは見逃さなかった。

新幹線「のぞみ」に乗って三十分余り。車窓からは富士山の雪景色が見え始めた。おやじといえば窓側に座ったまま、窓枠に右肘を付き、ぼんやりと外を眺めている。

男の二人旅。口数は少ない。その分、後部座席に座った二人連れのおばさんたちの世間話がなんともかしましい。おやじは座席と座席の隙間から、

「うるさいな」

しっかり聞こえてしまった。おばさんたちは小声になり、やがて静かになった。

「何時に着く」

「名古屋駅に十二時三十二分」

「昼飯はどうする」

「駅で済ませよう。名物のきしめんにするか」

「味噌煮込みうどんが良い」

とおやじ。

「あれば」

「近場にはあるだろうな」

おやじは自信ありげにいうと窓外に目を戻した。

時刻表通りに名古屋着。まずは味噌煮込みうどんの店を探す。構内にあるにはあったが、おやじは別の店が良いという。お目当てがあるのか。それならそうと早くいえば良いのにと文句の一つもいいたくもなったが、そんな素振りは見せず、人混みを避けたところで検索する。

「足を延ばせば、数件あるにはあるけど」

二件目の店名を読み上げると、

「おお、そこだ」

「知ってるのかよ」

「名古屋では知られた老舗だ。一度いってみたかった」

その店は地下鉄で一駅先の地下街にあった。乗換えの面倒さはあるが、急ぐ旅ではない。

駅の表玄関口に向かい、地下鉄に通じる階段を降りた。

店は昼時のせいで混んではいたが、客は食べ終わると、さっさと出ていくので回転は思ったより早い。おやじは名古屋コーチン入りを、ぼくはてんぷら入りの味噌煮込みうどんをオーダーする。少々待たされたが、沸々と煮立った土鍋のなかの汁には粘りがあり、褐色に近い味噌で仕上げた硬めのうどんに絡んだ濃厚な味は、舌を刺激して体を芯から温めてくれた。

二人は満足顔で店を出たが、名古屋駅に着き、私鉄電車に乗換える手前の改札口付近で、おやじが財布を忘れてきたといい出したから慌てた。ぼくは東京駅のホームで元子さんから、おやじ名義のカードを預かっていた。店の支払いはそれで済ませたから、おやじが財布を出す必要はないはずだ。

「いやな。父さんが払おうと財布を出しておいたのだ」

おやじはぼくがカードを預かっていることを知らなかった。ぼくも伝えていない。いまさらしかたがない。店に電話をすると、運良く届けられていた。椅子の下に落ちていたという。届け人は六十代半ばのおばさんだという。店の人が連絡先をと訊いたが、そんなことは良いから、と名前も告げずに帰ってしまったそうだ。おばさんというのは、かしましいだけではないのだ。

店の人には近いうちに取りにいくからと伝え、スマホを切る。

元子さんの声がよみがえってきた。近ごろ、物忘れすることがあるのね。ちょっと心配、と。

目的地である犬山城の最寄り駅は「犬山遊園」。改札口を抜け駅前に立つと、平日にもかかわらず、観光客が行き交い、ざわめきのなかにも城下町特有の落ち着いた風情を見せている。

おやじは周囲を見渡し、しばらくはその場で佇んでいたが、コーヒーが飲みたい、といいだした。そういえば食後のコーヒーは欠かさない人だった。視線の先には喫茶「しゅわり」という名の大きな看板がある。付き合うことにする。

その店は表通りに面している棟続きの土産物屋の東側にあった。少し奥まった場所にあり、看板がないと表通りからは見えにくい。うっかりすると見過ごしそうだ。

おやじはコーヒーを望んだわりには、急ぐわけでもなく余裕のある動きをする。手前にあった土産物屋に寄り、店先に並んだ商品を食い入るように見つめている。立ち止まるたび、若い女店員が商品の説明をするので、ぼくは急かすようにおやじの背を押す。

短い通路を抜け、喫茶「しゅわり」のドアを開けると、こぢんまりとした店内の白壁には犬山城を描いた水彩画が一点。他のインテリアといえば一輪挿しに紫色の小花が飾ってある程度だが、白と茶系二色の濃淡が混じったストライプ壁紙のせいか、くつろぎのなかにも、控えめな華やかさがある。

四人掛けのボックス席はすべて満席だが、奥のカウンター席は空いていた。

「ほかを探すか」

おやじは首を振り、あちらでいい、とカウンター席を指差す。

「こちらでよろしいですか」

前髪を引き上げ、髪全体を後ろで、キリリと小さく丸めた高齢の女が、すかさず声をかけてきた。しわの数や肌の張り具合からすると、七十代初めくらいか。

女はウオーターサーバーから水を注ぎ入れたコップと、紙おしぼりを置く。と、

「すみませんが、少しお待ちいただけますか。すぐに戻りますので」

といい、足早に店の外に出ていった。なにごとかあったのかとおやじと顔を見合わせたが、待つことは構わない。ぼくは折りたたんだティッシュを開き、鼻筋を上下させて音を立てないように鼻水を絞り出す。おやじはおやじで紙おしぼりの入ったビニール袋を破りながら、店のなかを見渡している。

「すっかり変わってしまったな。昔は土産物屋の通路の端に小さなテーブルと丸椅子が置いてあるだけだったのに」

おやじの出生地は岐阜だとは聞いている。もっとも城に沿って流れる木曽川にかかる橋を渡ると、そこはすでに岐阜県。

「来たことあるのかよ」

犬山市という土地を望んだ時点で、なんらかの馴染みがあるのかもしれないと感じてはい

たが。

「少しばかりな」

「仕事でかよ」

おやじは口ごもる素振りを見せ、

「いやあ、実はな。ひさしには話してなかったが、父さん、この辺りに少しばかり住んでいたことがあって」

「ええっ、いつごろの話だよ」

「小学校のころから、高校卒業までだ」

「長いじゃないか」

「高校時代に隣の土産物屋でときどき手伝いをしたりしてな。アルバイトは禁止だったから、内緒でお小遣いをもらったりしてな」

だから土産物屋を覗いていたのか。おやじは三つ折りに畳んだ紙おしぼりを解く。

「あのころは古ぼけたパッとしない店だったが、それでも春になると桜見や祭りの観光客で忙しくなって、カラクリ人形を載せた車山《やま》が城下町を練り歩くのだ。笛や太鼓の鳴り物入りでな」

懐かしげにいう。

「その城下町も一時はシャッター街になったらしいよ。でもいまは盛り返して観光名所になってるってよ。祭りはユネスコの無形文化財にも登録されているようだ」

ぼくはわかった風にいう。

「いやに詳しいな。調べたのか」

「ちょっとだけ、ネットでよ」

「仕掛け人でもいたのか」

「観光協会の人たちが頑張ったたって。もちろん、ほかにもいたのだろうけどよ」

おやじは、そりゃそうだな、といい顎に手を置き、

「ひさしは犬山祭りに曳くヤマって知ってるか。車と山と書いて、ヤマと読む」

それは検索済み。

「カラクリ人形が載ってる車山は全国でも珍しいそうだ。重さも並ではないぞ。何トンくらいあるのかなあ。高さは十メートル近い。それを男衆が体を張って城下町を練り歩くのだ。なかでも百八十度回転させるドンデン返しは、圧巻だ。夜は夜で車山に数百個の提灯《ちょうちん》をともし、連なって動くから、そりゃあ、綺麗なものだった」

暗闇に響き渡る男衆の勇ましい掛け声に押され、ゆらゆらと揺れ動く提灯の幻想的な光を思い浮かべているのか。おやじの細めた目の奥には提灯の光にも劣らない輝きを放っている

かのように見える。元子さんが嘆く家に籠もりがちな姿を想像すらできない。もっといえば、これほど多弁だったのか。

「おやじも曳いたのかよ」

「高校生だったからな。仮に成人していても、どうだったろうよ。選んでもらえたかどうか。いや、それよりもこっちから辞退してたかもしれない」

ん、なぜ辞退するのか、と問いかけたくなったぼくの気持ちを見透かすかのように、唇をきりりと閉じたその横顔には、たとえ息子であったとしても、それ以上の介入を拒む意思を漂わせているかのように見えた。

「ここを離れて五十年近くになるな。あのころの匂いがするような」

とつぶやく。ぼくの鼻の敏感さはおやじ譲りなのか。

店内の柱や梁《はり》などの主だった場所には、ところどころに痕跡を刻んだ古材が使われている。人の手を加えた集成材とは違い、素朴だが威風さえ感じさせる渋い光を放っていた。長過ぎた歳月を経て再会した古木との魂の交錯は、忘れかけた芳香をも呼び戻すのか。

通りの良くないぼくの鼻がピク付いた。都会のなかのビルの一角で感じたカビ臭さとはまったく異なる、自然界に宿る樹木臭に刺激をうけたのか。

「この地で暮らした者にしかわからない郷愁めいたものなのかよ」

真顔でいうと、おやじは上半身をそり気味にして、わかるのか、とでもいいたげに、目を丸くする。

ふいに背後からメニュー表と白紙のメモ用紙とボールペンが目のまえに置かれたから、思わずぼくは振り向いた。間を置かず、淡いベージュ色のマッシュルーム帽を被った女が、ぎこちないイントネーションで話しかけてきた。

「オネガアイ、シマス」

店のどこにいたのか。客に紛れてボックス席に腰を下ろしていたのか。マッシュルーム帽の女は濃紺に白い波形を大胆に描いてある長暖簾《のれん》をくぐり、カウンターに入ると、ぼくたちのまえに立った。さきほど店の外に出ていった髪を丸めた女より、しわ数ははるかに少なく浅い。

それにしても、なぜボールペンか。メニュー表を覗き込む。

最上段にゴシック体の文字で、注文する品を選んでください、と書いてある。女はメモ用紙を指し、手を合わせ拝むようなしぐさをした。言葉をうまく話せないのだと察し、その用紙にコーヒーの頭文字のCの横に2と書く。

女は深くうなずくと背を向け、壁に沿い取り付けてある棚から二組のコーヒーカップを取り出した。

「お待たせして、すみません」

先ほど出て行った髪を丸めた女が長暖簾をくぐり、カウンターのなかに入ってきた。

「裏の駐車場で接触事故がありましてね。いえ、たいしたことはなかったから良かったのですが」

といいながら、置いてあるメモを手許に引き寄せる。

「わたしが手を離せないときには、こうした方法で注文をお訊きしてましてね。この人は耳が不自由なものですから。ご面倒をおかけしまして」

マッシュルーム帽の女のぎこちないイントネーションは、そのためだったのか。

おやじとぼくは口を揃え、いえいえ。

髪を丸めた女が口元を緩め、頭を下げる。

「車は便利ですが、事故が怖いですね。ほんの小さな接触事故でも話がややこしくなりますから、気を付けなくてはいけませんね。お客様は車でお越しですか」

「電車で」

とおやじが答える。

「どちらからですか」

「東京です」

「あらまあ、そんなに遠くから」

「新幹線ですから早いものですな。乗換え入れても三時間あれば充分ですから」

「便利になりましたからね。県外からのお客さまも随分みえましてね」

「それにしても犬山遊園駅辺りは変わりましたな。見違えてしまいましたよ。

「私がこちらにいたころは、たしかこの辺の川沿いに大きな材木屋がありましたが、なくなっていましたな。まあ、昔の話ですが」

「あらっ、その昔とやらには、こちらに」

女は眉を上げ、おやじの顔を強い視線で見つめる。

「わずかですがな」

おやじは答えると、コップの水に口を付けた。

「おっ、旨いな。この水は」

ぼくの水の減り具合を見て、どうだ、と訊く。

何気なく飲んでいる。もう一度、水を舌に馴染ませるように含んでみた。

確かにまろやかさがある。嗅覚は役に立ちそうにないが、味覚は大丈夫だ。

「匂いといい、味といい、いうことないですな」

「あらまあ、匂いまで感じてくださるなんて」

「土や草木、コケの残り香がするような。これは間違いなく、湧き水の匂い」

水道水特有のカルキ臭さはない。おやじはこの匂いを求めていたのか。

「嬉しいですね。まろやかで美味しいといってくださるお客さまはいますが、匂いまで感じ取ってくださる方はなかなかですから。実をいいますとね。これは尾張富士からの湧き水なのですよ。毎朝、汲みにいっています」

「ほう、それは大変だ。近場にそんなところがあるのですな」

「明治村の近くですが。山の麓に『愛万博寺』という寺がありましてね。あっ、明治村ってご存じで」

「知ってますよ」

ぼくも少し遅れて、はい。

「その寺から頂いてくるのですが、『牛岩の水』という名前を付けて、パワースポットとして売り出したのですね。それが当たった、というより、本当に名水といって良いほどの味ですから、わかる人にはわかってもらえるのでしょうか。いまではこれを目当てに人が集まるようになっています」

「ほう、ではコーヒーの味も期待できますな」

「一度煮沸して使っていますが、一味、違うと自負しています」

控え目だが、その声は自信ありげだ。

「気持ちを込めて、淹れさせてもらいますね」

女は隣にいたマッシュルーム帽の女に向かい、人差し指を使いコップの水を差し、手のひらを鼻先に持っていく。水の匂いがわかるお客様だと伝えているのか。隣の女は胸に手を当て、小さなガッツポーズ。

「それにしても万博寺とはなにか万博に関係があるのですかな」

「その通りで、二〇〇五年に愛知で『愛・地球博』がありましたでしょう。そのときに寺の住職がインドのパビリオンで展示してあった仏像ですかね。それを買い受けて、ご本尊にしたとかの話は聞いたことがありますが」

ほう、とまたおやじ。愛知に来てから、ほう、が多くないか。

「しかし『牛岩の水』とはおもしろいネーミングですな」

「犬山には桃太郎神社があって、牛若丸のお話がありますが、その牛を取っているのでしょうか。あっ、これはわたしの勝手なこじつけですが」

女は照れ気味に微笑む。

「実はこの水は志だけで、いただけるのですよ」

そこまでは訊いてはいないが。

「店で使うとなると、かなりの量がいるでしょうから、そりゃ助かりますな」

「本当に。水道代も馬鹿になりませんから」

「営業用ですからな」

「ポリタンクをいくつも用意しまして。いえね、手伝ってくれる人がいますから、なんとかなっていますが。あらあら、こんな内輪話までしてしまって」

女はまた照れ臭そうに笑い、ソーサーに置きかけたスプーンを浮かせたまま、おやじの顔を覗き込んだ。

「あのう、間違っていたら、ごめんなさい。お客様、ひょっとしたら、あの愛葉《あいば》学園にいたゆきおちゃんでは」

おやじの表情筋が、微妙に動く。

「ええ、ゆきお、ですが」

「ああ、やはり、そうではないかと」

女は胸に手を置き、やっぱり。

「あのときのお姉さん、絹代《きぬよ》姉さんですよ。学園のみんなにおやつの足しにしてもらおうと、段ボール箱にお菓子を詰め込んで届けていたお姉さんですよ。こんなおばあちゃんになってしまいましたけど」

「実のところ、私もさっきからそうではないかと。やはり、絹代姉さんでしたか」

おやじは声を高めて返した。

「どことなく面影がありますね。声もねえ。声はあまり年をとらないといいますから」

絹代姉さんはいうと、マッシュルーム帽の女の肩を叩き、

「この娘、といっても、それこそかなり昔の娘ですけど、あのときの繭子《まゆこ》です」

絹代姉さんは肩から手を離し、カウンター左端に置いてあるメモ用紙を取り、ペンを走らせた。

繭子さんは、まさか、の表情。ユオ、サン、といっているのが洩れた息遣いから感じ取れる。そしてメモ用紙に《お兄ちゃんですか》と書いた。

おやじは繭子さんを見つめ、深いうなずきで返す。

「オ、トニ」

本当に、と発音しているのだろう。繭子さんは眉を上げ、閉じた唇を開き、アア、と感嘆の声をあげた。

《お元気そうですね》流れるように整った女文字。

《おかげさまで》右上がりの癖のある男文字。

《何年ぶりですか》女文字。

《五十年近いですか》男文字。

絹代姉さんは二人が交わした書き込みを覗き込んでいる。

「そんなものですかね。あれ以来、すっかりでしたから。ゆきおちゃん、いえ、もう、ゆきおちゃん、はないですよね。ところで、ゆきおさん、風の便りでは関東方面にいかれたとか」

あれ以来とは、高校卒業時辺りを指すのだろう。

「東京の大学になんとか進めましてね」

「親御さんのところから、とか」

「一人で。親はいませんから」

「ああ、失礼なことを、ごめんなさい」

「構いませんよ」

振り返ってみると、ぼくは祖父母のことは、ほとんどなにも知らずに育ってきた。幼いころ友達がおじいちゃんの家に遊びにいったとか、お土産をもらったとか、祖父母の話をしていたが、ぼくにとっては関係のない世界の出来事であって、関心を持つことはなかった。そんなぼくだったが、一度だけおやじに訊いたことがある。小学校の五、六年生ころだったと思う。元子さん方の祖母の葬儀を終えた帰り道だった。

「おばあちゃんも亡くなってしまって。ぼくはおじいちゃんやおばあちゃんに会うことは、もうないのだね」

と訊くと、

「ひさしにはおじいちゃん、おばあちゃんの想い出をつくってやれなかったな」

ぼくの顔を見て、すまなさそうにいった声を憶えている。

考えてみれば、ぼくには祖父母と名の付く人は六人もいることになる。実母、元子さん、おやじの両親と、人より多いはずなのに、記憶のなかには祖父母の姿がほとんど残ってはいない。

絹代姉さんはおやじにしんみりと語りかけた。

「大変でしたでしょうねえ」

「そんなときもありましたな。学園にいたころは、衣食住は一通り整っていましたから、そういった面では恵まれてましたが。もちろん充分とはいえませんが、それは贅沢というもので。同じ境遇の仲間がいましたから、助け合えましたな。かえって東京に移ってからの方が、大変といえば大変でした。知り合いもなく、食べるものにも困る生活でしたから。料理の仕方もわからなくて、売れ残ったキャベツを買い、丸かじりしたこともありましたな。それでも大学はバイトと奨学金のおかげで卒業できましたが、就職してからは返済に追われてしまって。おっと、うっかり喋りすぎましたな」

絹代姉さんは首を振り、

「奨学金を受けるには、成績が良くなくては受けられませんでしょう。優秀だったのですね」

おやじは、いやいや、と首を振ったが、息子から見ても偏差値は悪くはないだろうとは思えた。

「就職もあちらで」

おやじはうなずく。少し遅れて絹代姉さんもうなずき返した。

「あのですねえ、いまだから話せますけど、繭子はゆきおさんをとても慕っていましたね。お兄ちゃんはどこへいったの。いつ帰ってくるのって、何度も訊かれました」

「あのころの繭子ちゃんは五歳くらいでしたか。繭子ちゃんには、いえ、ほとんどの人に行き先を知らせなかったですから。申し訳なかったです。若気の至りと許してください」

「いろいろな事情もあったのでしょうし。ですけどね、繭子にはあのころのことは、良い想い出として残っているはずです。いまでもゆきおさんと遊んだ百人一首は大切にしていますから」

「そうでした、そうでしたなあ。手伝いの合間に二人でよくやりましたよ。もっぱら坊主めくりでしたが。そうそう、そういえば繭子ちゃんは逆立ちするのが好きで、跳ね上げた足をよく持たされました」

「ゆきおさんのあとばかり追っていましたからね。その節はご迷惑をおかけしました」

絹代姉さんは嬉しそうに口元を緩め、軽く頭を下げた。

「可愛くてしかたがなかったですから。年の離れた妹のような気がして」

「それを知ったら、繭子、喜びますわ」

絹代姉さんは繭子さんに向かい、右手を頭の上に上げ、二度ばかり回転させた。次に左手で受け皿の形をとると、右手を下ろし指先を閉じ、左手の受け皿からなにかを取り上げるしぐさをする。坊主がカードをめくる意味なのか。

その動きは腕から手首、指先にかけて、しなやかに舞いを舞っているかのようだ。それを見つめる繭子さんは、こめかみに右手を当て、人指し指を頭の上に引き上げた。そうそう思い出した、ということらしい。

絹代姉さんはさらに繭子さんを指差し、左手の小指を立てると胸の辺りで上下させ、右の手のひらを使い、立てた小指のうえを撫でまわした。可愛かったころね、と表現しているのか。胸の辺りの小指の上下は意味不明。(妹を指す)

繭子さんは懐かしさに溢れる表情を崩さない。絹代姉さんはおやじとアイコンタクトをとっている気配。それぞれの立ち位置で、過去に共有した記憶の底に沈んだままの風景や、そこから匂い立つ風の揺れ、雲の色、空の音を繋ぎ、つむぎ合わせているのか。

テーブル席の客の間で交わされる会話がときおり耳に入る。広くはない店内。二人の所作がボックス席の視野に入ってもおかしくはない。客は慣れているのか、こちらに関心を向けることはない。

ドアが静かに開く音がした。女性客が空いた席を探している。絹代姉さんと繭子さんは客を迎える表情に戻り、カウンター席を指し、こちらへ、と手招きする。ぼくたちには、ごめんなさい。ちょっと失礼します、とでもいうように手のひらを合わせると、三メートルほど先のカウンター左端に移動した。

女性客は四十代前半くらいか。

絹代姉さん、繭子さん、そして客との間で唇と指先がせわしなく動き始めた。

ぼくはおやじに顔を近付ける。

「店の名前は、しゅわり。手話のしゅわ、なのかよ」

「そうだろう」

「だから、手話を話せる人が集まるのか」

おやじは、そうだろうな、というと、淹れ立てのコーヒーを旨そうに飲む。

「ところでよ、さっきの話の学園ってなに」

「愛葉学園という養護施設で、父さんが世話になっていたところだ」

えっ、初耳。

「いつごろだよ」

「小学校二年から高校を卒業する十八歳になるまでだ。この年齢になると施設を出なくてはいけないからな。驚いたか」

当たり前だ。だがぼくは案外冷静だった。

おやじが施設出身者という事実。衝撃がまるでないといえば嘘になるが、それはおやじの過ごしてきた人生の一コマに過ぎないと、すんなり切り替えられる気がした。それよりもさっき交わした会話の内容が引っかかっている。

——おやじも曳いたのかよ。

——高校生だったからな。仮に成人していても、どうだったろうよ。選んでもらえたかどうか。いや、それよりもこっちから辞退してたかもしれない。

養護施設というある種、社会から特別視される箱物のなかで暮らす人間たちを見る、周囲の目を感じ取ってはいなかったか。

「だから、あんなことをいったのかよ」

「車山の男衆のことか。いや、あれは父さんの考え過ぎだろう。思い過ごしだ」

多感な時期だったはずだが、その口調は当時の心の持ち様を振り返り、むしろ懐かしんでいるニュアンスさえある。

「施設のこと、元子さんは知ってるのかよ」

「もちろんだ。でもな、ああいう性分だ。まるで問題にしなかった」

「母さんはどうだった」

「元子さんと同じようなものだ。ただ母さんは施設育ちの父さんとは違い、家柄もある。身内から猛反対されてな」

おやじはいまでも、再婚した妻を、モトコさんと呼ぶ。

「家柄って」

「なんでも、城の家老職をつとめていたらしい」

おやじは肩先をボックス席に向け、壁にかかった犬山城に視線を移した。

「金持ちなのかよ」

「そうだろうな。山や土地をいくつか持っているようだ」

ぼくにとっては親がどんな育ち方をしたか、財産や出自の良し悪しなど、どうでも良い部類に入る。ただどう反応して良いのか戸惑いはあるが、平静さを装うことに不自然さはない。

それにしても養護施設に入所となれば、入るための条件は必要だ。両親の死亡、育児放棄、虐待、経済的困難などなど。おやじを取り巻く家の事情が知りたくなったが、いまは口にするタイミングではない。ぼくはコーヒー椀に手をかける。

男同士の微妙な間を埋めるかのように絶妙なタイミングで、絹代姉さんと繭子さんが戻ってきた。一人になった女性客も丸椅子から下り、顔なじみらしき人がいるボックス席に移っていった。

絹代姉さんはというと洗いものを始めた繭子さんの傍らで、カウンターに指先を揃えてのせ、真剣な表情をして、声を絞り気味にいう。

「あのですね。繭子の耳のこと、お話しして大丈夫ですか」

はあ、と間の抜けたような声を出すおやじ。まだ切り替えが上手くできていないのだ。ぼくは右肘でおやじの左腕を突っつく。おやじは慌てて、

「ああ、ああ、構いませんよ」

「すみません。繭子の耳のことですがね。どうもおかしいと感じたのは高校生になってからでして。小さいころから高い音が多少、聞きづらいようでしたが、日常生活に不便はなかったものですから、たいしたことはないだろうとほうっておいたのです。店の仕事に追われていたとはいえ、取り返しのつかないことをしてしまいました。もっと早く治療していれば、違っていたでしょうに」

絹代姉さんは右の手のひらを繭子さんに向け、人差し指を唇に持っていき、まえに差しだ

した。あなたのこと話しているという意味か。

そうでしたか、とおやじは答えたものの。少々困惑気味だ。

絹代姉さんはそれを察したのか、

「唐突にごめんなさい。お話ししておきたかったものですから」

「いや、聞かせてもらい、むしろ嬉しいですよ。正直、どうしたのかと気になっていましたので」

「ご迷惑でなくて良かったです」

絹代姉さんは安堵したのか、胸に手を当てた。

「ですが良いこともありましてね。繭子のおかげで、店に聾者の人たちが集まるようになりましてね。健常者の方でも関心のある方は手話を学ばれたりして。そうそう、この水を運ぶのも皆さん手伝ってくださるのですよ。運ぶのは重労働でして、わたしと繭子だけではとても無理なものですから」

おやじは、ほう、それは、助かりますな、と返すと、

「失礼なお訊ねをしますが、絹代姉さんはずっとお一人で」

おやじ、今度は切り替えが早すぎる。

絹代姉さんはにこやかに、右手の人差し指を折り自分に向けると、曲げた指をまっすぐに

立て直し、左の手のひらでその指の周りをクルクルと回転させた。

「お一人ということですな」

絹代姉さんは表情を崩さず、繭子さんを指し同じ手の動きをする。繭子さんも一人なのだ。

「繭子を出産して間もなく、夫と別れたので、あのころにはすでに、でした」

声を抑えているが、きっぱりといい、

「いろいろありますよね。生きていれば。わたしもこんなことお訊ねして良いのかわかりませんが、あの板津さんの娘さんとは」

母さんの旧姓は、「板津《いたつ》」。ぼくの関心度は急速に強くなったが、反射的に二人から顔を背けていた。人は突発的な出来事に出会うと、体は心と真逆な行動をとるものなのか。

「東京で結婚しましたが、これが四歳になるまえに亡くなりました」

おやじの親指が、ぼくに向けられた。

「あらまあ、ちっとも知りませんでした。それは、それは」

絹代姉さんは驚きの声をあげると、

「ご病気で」

「ええ、まあ」

「板津さんの娘さんが上京されたとは聞いてはいましたが。ひょっとしたら、ゆきおさんを追っていかれたのかもと。いえ、これは勝手な推測でしたが。そうでしたか。お気の毒でした」

絹代姉さんは目を伏せた。

「上京してからは偽名で手紙のやり取りをしていましたが。携帯電話とかスマホはない時代でしたから。それも親に知れてしまい、どうしようもなくなって東京に出てきまして。家出同然でした。ちょうど二十二歳のときでしたな」

「娘さんが大学を出たころ。出てからですかね」

「そうですな」

「そんなことがあったのですね。きっと町の人の多くは、どこかに嫁がれたと思っていたのではないでしょうかね。ただね、あれだけのお家ですので、盛大な嫁入りのお披露目がないのは不思議と感じていることはあったでしょうが、ただこちらの人は良くも悪くも必要以上に他人の家に入り込まない。でもなにごとかあれば助け合う。この町の良さでもありますが。それで、葬儀は東京で」

「近親者は上京してくれましたが」

ぼくは実母方の祖父母と疎遠になった理由を理解し始める。元子さんにしても仮に出自の問題がなくても、相手は子連れの再婚者だ。親が渋るのもわかる。

それにしてもおやじがこんなにも女にもてるとは。実母に元子さん、繭子さんを加えれば三人。顔立ちやスタイルも決して良いとはいえないのに、なぜなのか。おかしい。ぼくの知らないおやじの男像に手を伸ばせるはずがないが、やはり不可解といえば不可解。

絹代姉さんはメモ用紙に走り書きをして、繭子さんの手元に置いた。いまの会話内容を知らせているのか。

《いろいろあったのですね》と女文字。

《お互いに》と男文字。

繭子さんは柔らかく笑う。

《ゆきお兄さんが、大好きでした》と女文字。

《ありがとう。ぼくもでしたよ》と男文字。

《そのせいで、いまも一人なのかも》と女文字。

絹代姉さんはメモ用紙を取り上げ、
《人のせいにしちゃダメよ》の優しい筆跡。

横で盗み読みするぼくにおやじは気付いているが、隠そうともしない。

カウンターには空になったコーヒー椀が二客。絹代姉さんの手にはウオーターサーバー。

コップに水をつぎ足すと、「牛岩の水」は静かな水音を立て、ゆらゆらとコップの底に沈んでいった。

「しゅわり」から城までの所要時間は、歩いて十五分だという。

おやじの腕時計は四時十七分を指す。

「これから寄るのは遅いですかな」

「閉門時間は五時ですね。入館はその三十分まえですから、これからでは無理がありますね。今夜こちらでお泊りですか」

おやじがぼくを見るから、城近くのホテルで、と代わりに答える。

「それでしたら日を改めた方がよろしいかと。城下町にも寄られますか」

おやじはそれには答えず、

「愛葉学園にいってみたいのですが、いまでもありますかな」

「すっかり取り壊されてしまって。五年まえくらいでしたか。別の場所に移りましてね。移転先の住所、調べてみましょうか」

おやじはすぐさま、いやいや、と首を振ったが、落胆したようには見えない。想定内だったのか。

絹代姉さんは深追いをせず、話を変えた。

「この界隈も随分変わりましたからね。城下町通りは一時、寂れてしまって。それが十年ほどまえからですか。賑わいを取り戻しまして。いまでは活気がありますよ。観光協会の人や地元の人が盛り返してくれましてね」

おやじは初めて耳にするような顔をする。

「それは素晴らしいですな」

「通りでは名物の串刺しを食べながら、散策も出来まして。わたしたち世代は行儀が悪いと考えがちですが、若い方には抵抗がないのですね。むしろ楽しんでいるようで。それと若い女性の着物姿もひょっとしたら見られるかもしれません」

「ほう、着物ですか」

「貸衣装があるのですよ。男性も女性も和装ですと、お店によってはいろいろな特典があったりして、お得なようですよ」

ぼくとしては城下町散策に、着物姿の若い女性。串刺しの食べ歩きと、こう並べられてはいかない手はない。おやじはといえば、気乗りしてそうな素振りはしたが、積極的にいってみようとはいわない。おもむろに椅子から立ち上がり、

「そろそろ、失礼しますかな」

絹代姉さんはうなずき、右手の五本指を閉じ合わせ、胸から遠ざけるように、前方に差しだした。繭子さんの唇が動く。はい、と。

繭子さんはカウンターを出ると、笑顔でピースサインをして左右の人差し指を接近させる。

「また会いましょう、といっています。わたしも。時間がありましたら、ぜひまた」

絹代姉さんの声を受けると、おやじは繭子さんに顔を向け、口を大きく開き、ありがとう、と伝えた。


絹代姉さんと繭子さんに見送られ、二人は木曾川沿いをホテル方向に歩きだす。

途中、おやじは「しゅわり」から目と鼻の先にある昔、材木屋があったという場所辺りで足を止めた。

そこには板津姓の立派な門構えの邸宅が建っていた。

「ここが母さんの生まれ育った家なのかよ」

「改築してるから昔とは違うが、名残はある」

というと、おやじは五、六メートル離れた木曾川寄りの北側を指し、

「この付近に数えきれないほどの材木が立てかけてあって、奥の方には寝かされた木材が積み上げられていたが」

「材木問屋だったのかよ」

「詳しくは知らんが、そうらしい」

「挨拶していくか」

「なにをいう。いまさら」

おやじはきっぱりといい切る。

「母さん、ここから東京まで追っかけてきた」

「東京まで来てくれた」

いい直されてしまった。

「それにしても母さんだけでなく、元子さんも親に反対されていたのだろうが。おやじ、なかなかやるよ」

「からかうな」

といったおやじの横顔は崩れている。

「やっぱり施設の跡地にいってみないかよ。『牛岩の水』とやらにも」

ぼくなりの気遣いをみせたつもりだ。

「明日、考える」

おやじはそっけなく答えた。

ズボンポケットのなかでスマホが揺れた。

井本元子、の四文字。

「無事、着いたよね」

「おう」

「おかげで仕事、はかどるわ」

安堵した元子さんの声。複雑な気持ちになったが、これは旅行目的の大きな一つ。

「代わるか」

おやじに訊くと、すぐさま手を振った。元子さんも、

「いいよ、いいよ。じゃあ、あゆみさんに連絡しとくね」

というから、自分でするからよ、とすぐさま返す。

「こりゃまた、失礼しやしたね」

普段より一オクターブも高い、元子さんのカラカラ笑いが聞こえてきた。

県境をつなぐ長い橋にはひっきりなしに車が行き交うが、木曽川沿いの道路はときおりすれ違う程度。木曽川のゆたかな水流音が耳元に広がり、前方の小高い山の頂きには犬山城が見える。空を見上げると、グレーのカーテンを張りつめたようなどんよりした空模様。

明日の雨の確率は六十パーセントとか。頰に小粒の雨が落ちてきた。傘はない。あゆみが持っていくようにと世話を焼いたが、持ち物は最小限にしたかった。もし雨になれば、コン

ビニで買えば良いと気楽に考えた。

おやじは持ってきたのだろうか。

「降りだしそうだよ」

「ホテルまでなら、大丈夫だろう」

おやじは旅行カバンに手をかけたが、ファスナーを開けようとしない。

持ってはいるのだ。

おやじが会社勤めをしていたころは身のまわりのことは、ほとんど元子さん任せだった。六十歳の定年を迎えたのは五年まえ。数年間は嘱託員として働いていたが、いまではそれも退き、自由な時間はたっぷりとある。一方の元子さんはというと、世間では中高齢者の健康志向からかスポーツ熱が高くなり、お洒落で動きやすいウエアが求められているという。デザイン的にも多様化してきたせいで仕事が忙しくなったというから、定年まえと同じ待遇を望むのは難しそうだ。

自分で旅行の準備をしたのだろうか。

「明日は危ないかも」

「それなら部屋でのんびりもいい。天然温泉だろう。ゆったり湯に浸かって、垢でも洗い流すか。二人ともこびり付いているぞ、きっと」

ぼくはスマホを開き、ホテルのホームページの検索をしながら苦笑いする。

「出かけられないほど、降ればよ」

「そりゃ、そうだ」

「ここの温泉、平成の十二年に出たようだけど、白帝の湯とか美人の湯って呼ばれていて、肌がスベスベになるってよ」

あらっ、いいわねえ、とあゆみと元子さんが口を揃えて、ぼくたちを睨み付ける顔がちらついた。

おやじは、あはっと笑うと顎をひき、目を細めてスマホを覗き込んだ。

読めん、というから親指と人指し指を使い、画面を上下に引っ張り文字を大きくしたが、やっぱり読みにくそうだ。

「いまどきは男も化粧する時代だ。男だって歓迎だよ」

「それなら、いっそこのホテルで、ゆっくりするのも悪くない。どうだ」

ふいにいうから、驚いた。

「同じところで、か。それならそうと東京を出るまえにいってくれたら良いのに。今日の予約しかしてないからよ。着いたら空きがあるかどうか訊いてみるけど、人気のあるホテルだから難しいかもよ」

「思い付きだ。それならそれで、しかたがない」

おやじは簡単に引き下がったが、父と息子の気まま旅に変わりはない。スケジュールはあってないようなもの。変更するのは一向に構わないが、この地から離れがたくなった心情を理解できないわけでもない。

喫茶「しゅわり」に立ち寄り、養護施設の移転を知ることになった。また旧家である妻の実家が取り壊され、近代的な邸宅に建て替えられた姿を目の当たりにしたばかりだ。それに可愛がっていた繭子さんの聴覚が不自由になったという衝撃も小さくはなかったはず。

仮に、いやとうぜん長年離れた土地にまつわる変化に対する心構えはあったとしても、その現実を目のまえに突き付けられ、体に馴染ませるには相応の時間は必要だろう。それにしても二人の女性との再会は偶然だったのか。

土産物屋の棟続きの店に立ち寄れば、顔を合わす可能性はあり得なくはない。もし再会するようなことがあれば、これを機に自分の生い立ちを息子に伝えたい思惑を含んでいたのだろうか。

ぼくは実母を亡くしたあと、再婚した元子さんとおやじとごく普通に暮らしてきた。日々の生活のなかで、おやじの育った家庭環境を訊かされたこともない。また訊いたこともなかった。あえてその必要がないほど、ごく普通の家庭で育ってきたと勝手に思い込んできた。

思いがけなく旅先でおやじの出自を知り驚きはあったにせよ、自分でも意外なほどすんなり受け入れることができていた。

ぼくには俗にいう、そうしたものへの偏見意識はない。まるでないといっても良い。

三十年そこそこの人生経験しかないが、なぜ人は偏見の目を他者に向け、差別をするのか、したがるのかを考えたとき、それらの感情、心理の類は根拠のない優越感から生まれる薄っぺらな自己満足を得るためのものに過ぎない、と単純に答えが出てしまうからだ。

ただ、なぜ施設入所をする必要があったのか。この場所で多感な青年期を過ごさざるを得なかったか。そのくらいは息子として、知っておいても良いのではという気はする。

亡き妻の実家の門前で、感慨深げに立つ姿が目に焼き付いてしまっている。おやじのその視線の先には、瓦門をくぐり屋敷内に入っていく娘時代の妻の後ろ姿が映しだされていたのか。それとも好きな人を残し、一人東京に旅立つあのころの複雑な気持ちを思い起こしていたのだろうか。

おやじは歩みを弱め、うっすらと唇を開け、目を細める。空を見上げる頬に、ポツポツと雨粒が落ち始めた。ふき取ろうともしない。頭のてっぺんから足の先まで、体中に張り巡らされた全神経を抜き落とし、弾力のあるカーペットの上を踏みしめ、その感触を確かめているかのような足取り。

だが、その横顔は決して寂し気ではない。悲壮感もない。背筋を正し、城を仰ぎ見る立ち姿は、すべてを飲み込んだものだけが知る、凛とした強さを漂わせているように、ぼくには思えてしかたがなかった。


ホテルの正面玄関に着くと、白い手袋に濃紺の制服をそつなく着こなしたドアガールにフロントへ案内された。薄紫色したカトレアの鉢植えが置いてあるカウンターの横で、背広姿の三十代後半くらいのフロントマンが、パソコンを覗いている。

ぼくが近付くと立ち上がり、軽く会釈した。

「一泊の予約ですが、明日の空きはどうですか」

「お調べします。お待ち願えますか」

フロントマンが腰を下ろしかけると、おやじが口を挟んだ。

「もう少し、いや四泊くらいに延ばせますかな」

おいおい、それは、ちと、長すぎないか、と口に出す間もなく、おやじは、まあまあ、とでもいうように、目でぼくを制した。連泊を望む客も珍しくはないのかフロントマンは平然と、今日を入れて四泊ですね、と念を入れると、慣れた手付きでキーボードを叩き始めた。

おやじは視線を移し、ロビー方向を見渡すと深い呼吸を一つする。

「疲れたかよ」

ぼくは気遣ったが、おやじは口元を緩め、

「それはない」

その横を目鼻立ちがはっきりした東南アジア系らしき若い女性が、足早にロビーの一角にある土産物売り場の方に向かっていった。すれ違いざまに会話が聞こえてきたが、自国語なのだろう。意味不明。

「二泊はいまのお部屋でお過ごしいただいて、あとの二泊は和室に移っていただくことになります。それでしたらご用意出来ますが」

フロントマンは中央廊下を挟んで南側の木曾川沿いの洋室と、北の城下町側の和室にわかれていると説明する。たしか和室の方が多少利用料金は高かった。旅行費用は全額元子さんの負担だから気にする必要はないが、それよりもぼくは洋室を好み、おやじの寝室にもベッドが置いてある。

だがおやじは躊躇なく答えた。

「和室、結構ですな」と。

この近辺の観光地は放射線状に広がっているため、いずれの地にも動きやすい位置にはある。「犬山城」に「リトルパーク」「明治村」など行き先に困りはしないが、おやじがフロント横に置いてある木彫りの状差しに挿し込まれた幾種類かのパンフレットから抜き取ったものは、「城下町巡り」と「国宝犬山城」のみ。

「牛岩の水はなかったの。まあ、おおよその場所はわかるから良いけどさ」

おやじは、そうか、と気のない返事をする。「しゅわり」を出てから、水への関心は薄れてしまったのか。それとも、もう満足してしまったのか。

それはそうとしても、ここでなぜ四泊か。同じホテルの往復ばかりとなれば、社会の見聞を広めるという目的がかすんでしまうのではないか。それがたとえ旅に誘う口実だったとしても、気分を変え、直前でも予約の取れそうな山の手の料理旅館や古民家風の宿泊先など何件か調べてあったわけで、あえて一ヵ所に留まる必要はない。

一時は、ここでゆっくりしたいという心情を思い気遣ってはみたが、不満がまったくないとはいえなくもない。もっとも今回の旅は元子さんに頼まれて、家から連れ出すことが目的だからしかたがないが、それにしても、これではおやじのためだけのものになってしまう。

だが、だが、待てよ。ひょっとしたらこれを最後に二度とこの地に来る機会はないのかもしれない。とすれば自分のことはさておき、優先すべきはおやじにとって悔いのない旅にすることなのではないか、と考え直す。

この間、十数秒。カトレアの花の匂いに反応したのか、トロリとした鼻水が垂れ下がってきた。ぼくは慌てて上着のポケットからティッシュを取りだし、ズルズルと音を立てて鼻をかむ。

宿泊一日目のルームナンバーは三〇五号。手荷物を椅子に置き、分厚い一枚ガラスにかかったレースのカーテンを開けてみた。雨滴が風に乗って四方八方に飛び散り、ガラスの表面に吸い寄せられて落ちていく。

正面には夕闇に微かに浮かぶ低山の稜線。山裾から平地にかけて日中の営みを癒すかのような町の薄明かりと、流れを止めたような川の静寂さが、ぼくの胸に伝わってくる。

ガラスで遮断された内側に立ち、暖かな部屋で外気の冷たさを残す五指に神経を集中させ、柄にもなく、胸に手を当て、目を閉じた。

絹代姉さんの指先から伝わる、過ぎ去ったさまざまな思いを包み込んでしまうかのようなしなやかな揺らぎ。繭子さんの逞《たくま》しさのなかに女らしさを潜める手の動きは、空気層にまじわり、繊細にまたは大胆に成形され、やがて一つの完成形となって、向かい合う人の胸に忍び込んでいくのか。

ぼくはいままでに、手話を交わす人たちに出会ったことはあっただろうか。それは、あくまでも映像のなかの出来事であって、体験としては一度としてない。

「しゅわり」で、絹代姉さんと繭子さんとの間で交わされた、手話という言語形態に、興味と好奇心を駆り立てられ、強い刺激を受けつつある自分に気付く。

「なに、見てる」

おやじの低い声がした。

別に、と答え、さりげなく胸から指先を離し、カーテンを閉じかける。と、

「しばらく開けといてくれ」

ブーツ型のスニーカーシューズを簡易スリッパに履き替えたおやじは、ぼくの脇に立ち、額をガラス面にすり寄せ、

「城が見えないな。ライトアップされてるはずだが」

「庭に出てみるかよ」

「降りだしたしな」

「まあ、四泊もするのだから、急ぐことはないけどよ」

嫌みのつもりはないが、おやじが反応した。

「同じホテルで悪かったか」

「構わないよ」

少し無理をして答えた。

「移動の手間もかからないからな」

とおやじ。たしかにそうだが、このホテルに留まる理由としては弱い。

「もしかしたら、このホテルに特別な思いがあったりして」

茶化したつもりだが、案外、ぼくは真顔だったかもしれない。

ところが、である。

「ちょっとばかしなあ」

ときたから、面食らう。はあ、と語尾を上げ、握っていた使用済みのティッシュを、テーブル下のゴミ箱に捨てる手前の姿勢で、次を待つ。

「ここでお茶を、よ」

おやじ、肝心な誰と、が抜けている。

「母さんだ。一階の喫茶コーナーでな。あのころも玄関入って右側の壁沿いにあった」

そういえばおやじはフロントのまえでロビーを見渡していた。そんな特別な想い出があるホテルなら、始めから素直に連泊をしたいといえば良いのに、といいたくもなったが、飲み込む。

「いつごろの話かよ」

「卒業式が終わって東京に発つ三日まえだ」

「ということは、母さんは二年」

おやじはうなずく。

「部活が一緒だった」

「いや、違ってたな」

「別の活動でかよ」

おやじは答えない。

「もったいぶるなよ」

「そんなつもりはないがな」

それなら息子に照れているのか。

「お茶だけ、なのかよ」

「そうだ」

「なんだあ」

「なんだあ、とはなんだ」

単純に、男と女、ホテル、とくれば、お茶だけなの、といいたくもなる。

ぼくはティッシュをゴミ箱にフワリと落とす。

「母さんと初めて口を利いたのは、祭りの夜だった。友達と一緒でな。着物姿で後ろ髪を上げていたから見違えてしまった。もちろん偶然だ」

「へえ、それで」

「まあ、いいじゃないか」

「大事なところでなんだよ。続けろよ」

まんざらでもない顔をして、おやじは太い血管が目立ち始めた手で顔を覆い、指先に力を入れて、まぶたを押す。

ぼくは湯呑茶碗に入れた緑茶入りのティーバッグに、ポットのお湯を注ぎ入れる。

「これはあとから知ったのだが、父さん、高校二年のとき体育館の舞台で歌ったことがあってな。母さんはそのときの父さんが気になったらしい。船頭小唄、っていうやつだ。知ってるか」

おやじは訊いておきながら返事を待たずに窓際に立つと、ぼくに背を向けて歌いだした。

俺は河原の　枯れすすき　　死ぬも生きるも　ねえお前
おなじお前も　枯れすすき　　水の流れに　何かわろ
どうせ二人は　この世では　　俺もお前も　利根川の

花の咲かない　枯れすすき
船の船頭で　暮らそうよ

作詩　野口雨情

「どうーせー」の九小節目辺りから、声量が大きくなってきた。物音一つしない部屋のなかは完全におやじワールド。それにしても歌唱力はかなりなものだ。哀愁を帯び、しみじみと歌うから胸に迫ってくる。現役時代にカラオケで鍛えてきたのか。

ぼくは幼いころにおやじと一緒に遊んだ記憶はほとんどない。一緒にキャッチボールすらしたことがなく、相手は近所の友達か元子さんだった。仕事の関係で休みが重なることが滅多になかったせいだが、成人してからはなおさらで、酒を酌み交わすなどは正月くらい。ましてやカラオケなどいったことがない。

「しゅわり」からから始まったわずかな時間に、ぼくのなかのおやじ像が猛烈な勢いで塗り替えられていく。おやじはフルコーラスを歌い上げると窓際から離れ、お茶の出具合を確かめ、一口含む。

「聞いたこと、あるけどよ」

死ぬの生きるのと重すぎる。古臭い。暗い、野暮ったい、などと口に出せる雰囲気ではない。

「ほとんどの学生は青春真っ盛りの、明るくて軽快な歌が多かったから、変わってるといえば変わってたな。それよりもよ、父さんの格好といったら、学園の先輩のお下がりの制服でピチピチだ。飯は腹いっぱい食べたから太ってしまって。おまけに洗濯を何度もしたから、色の違いがわかる。ほかの学生は新しい制服を誂《あつら》えてる。そりゃ、良くも悪くも目立つよな。でもよ、恥ずかしいとは思わなかった。いや、気にしないようにしてた。それとよ、職員さんのなかに綺麗好きな人がいて、靴下や下着はもちろん、体操服なんか洗いすぎだろう、というたくなるほど洗われた。恥ずかしいなんて悪いだろう」

といい、両手で包み込んだ湯吞茶碗をゆっくり傾けた。

「母さんがいうには、しんみりと風変わりな歌を歌う姿が印象に残ったとな」

ぼくは思う。そのときの母さんには同情心めいたものがあったのではないかと。

「好奇心とか、同情する気持ちがなかったとはいえないかもだが」

読まれている。ぼくは否定しなかった。

「施設にいること、母さんは知ってたのかよ」

おやじは首を振る。

「同級生はどうだった」

「仲の良い友達は知ってたな。あえて隠しはしなかったし、あのころはクラス全員に住所録を配ってたから、施設名は省いてあっても誰でも住所地で見当は付く」

いまほど個人情報に敏感ではなかった時代だ。さりげなく訊いてみる。

「嫌な思いはしなかった」

「どうだったか。たとえ、あったとしても気持ちの持ち方のせいもあるだろうよ。少なくとも身近にいた先生や友達は、そんな態度はしなかった」

おやじは無理をしていないか。

ぼくはカラクリの車山を曳きまわす男衆を傍観者として見つめるおやじの姿が目に浮かんだ。

「母さんは金持ちの娘だった。それなら私学にいってもおかしくないのに地元の公立高校」

「普通が良い人だった。この辺は元子さんに似てるな」

「良家のお嬢さんと養護施設暮らしの青年が祭りの夜に恋をした。身分違いで親に反対されて、卒業と同時に青年は別の地へ。お嬢さんは耐えきれず、青年のあとを追って、なんてよ、まるで往年の青春映画そのまま」

「親をからかうのか」

「そんなつもりはないけどよ」

いや、少しはあったが。

「二人が会える機会はあったのかよ」

ぼくは人への関心が強い方ではなかったはず。人は人。たとえ身内だとしても、それが基本スタイル。相手を必要以上に詮索するのを好まない。そのせいかあゆみからクールな人ね、といわれてしまう。

変化が出てきたのは、「しゅわり」に足を踏み入れてからか。おやじはおやじでよく喋るようになった。まるで、「しゅわり」マジックにかかったかのようだ。

「気になる者同士だ。なんとでもなる」

とおやじはかわす。

「母さんとお茶を飲んだのは、この時間帯だった。季節もちょうどこのくらい」

三月上旬。時刻は十七時二十六分。

「明日には別れなくてはいけないのに、お茶飲んで、外を眺めて、それだけかよ。やっぱり、つまらん」

「また、からかうのか」

そういえば木曾川沿いをホテルに向かっているときにも、からかうな、と。

おやじの頭は冴えている。

「高校を卒業したばかりだ。いまの時代とは違う」

頭をコツリと突つかれた。おやじはリラックスしている。素通りしてしまった施設に入った理由を訊くチャンスかもしれない。深刻ぶるのも抵抗があった。気負いを抑える。

「親が死んだのだ。とうさんは病死。母親が失踪したあとにな」

すんなり返ってきた。なんらかの事情がなければ施設に入るわけにはいかないから、驚きはなかったが、父親をとうさん、母親は母親と呼び方が違う。引っかからないでもない。

「母親がいなくなったのかよ」

ぼくも母親を使ったが、おやじは無反応。

「行方がわからなくなって、でもわかったときには、もうな」

おやじは記憶を手繰り寄せるように、おもむろに頭を上げ、

「四歳になったばかりだったと思うが、母親が出ていくまえの日に誕生日祝いをしてもらったような。大きな丸いスポンジの上にみかんが飾ってあって、甘くておいしかった。あれは缶詰だな。好物のオムレツもあった。ほかにも何皿か並んでいたから、祝いのつもりだろう」

ぼくとしてはそんなことより、なぜ母親が失踪したのか、両親はいつごろに、どう亡くなったのかを知りたかったが、おやじはそんなものはおかまいなしだ。付き合うことにする。

「両親揃ってかよ」

「実のところ、よく憶えていないのだが。二人ともいたと思う。料理の多さに目がいってしまってよ」

おやじは苦笑いをした。

「手作りケーキと料理で祝ってから、母親は出ていったわけか」

「そういうことになるな」

おやじはまるで他人事のようにいう。

「誰にも知らせず、一人でか」

それには答えない。

「あのころは毎晩とうさんの帰りが遅くてな。母親がいなくなってからは、ほとんど夕食は一人でよ。孤食ってやつだ。なにを食べていたのか、どういう生活をしてたのか、さっぱりだ。ただおぼろげに憶えてるのは、誰もいなくて寂しかったのか、壁際に置いてあったミシンの影に隠れて、ご飯茶碗を持って縮こまってた。途切れ途切れだが、そうしたところは憶えている。でもよ、とうさんは可愛がってくれてよ。背広のポケットから、キャラメルやせんべい、たまにはチョコレートも出てきたりして、それが嬉しくてな。だけどよ、それも長くは続かなかった。休みの日に夕飯を一緒に食べてたら、突然うつ伏せになったまま動かなくなってしまって。なにが起こったのかわからず、隣の家に駆け込んで、玄関の戸を必死で叩いていた」

ぼくは顎を引き、おやじの低い声に耳を傾ける。

「おじさんとおばさんが駆け付けてくれたが、反応なしだ」

「それから病院へ」

そうだ、とおやじは答えた。

「結局そのまま意識が戻らず、心筋梗塞だった」

「予兆はなかったのか」

「小さかったから、そこまではな。大人がいれば違っていたかもだが」

おやじは大人と表現する。妻とはいわず。

「でもな、とうさんが倒れた日に一緒にいられたのは不幸中の幸いってやつだ。母親はそうではなかったから」

母親の話に移りそうな気配。気持ち、構える。

「小学校三年の終わりのころに、職員さんから母親が亡くなったと聞かされてな。そのときは、わけがわからず悲しいとかショックというより、長い間、会っていなかったから、ピンとこないというのが本当のところだったろうよ。親のいない生活に慣れてしまっていた、というか、慣れるしかなかったな」

その当時のおやじの心持ちを、ぼくは理解する。

「これは十八歳になってから知ったのだが、おかしな死に方をしてな」

ん、おかしな、と訊き返す。

「病気で亡くなったと信じ込んでいたからよ。小学校三年の終わりのころに職員さんからそう聞かされてな。だからずっとな。それがよ、卒園間際になって、実はね、預かっているものがあると木箱を渡されたのだ」

「なに、それ」

「開けてみて、といわれてな」

おやじは右手の親指と人さし指を使い、直径五センチ足らずの空間を作った。箱のサイズか。

「ふたを開けると、ところどころ焼け焦げた布の切れ端と変色したメガネフレームの片割れが入っていた。それこそ、なに、それ、だよな。職員さんは、いままで病気で亡くなったと話してきたけど、本当は母親の住み家が火災にあって、亡くなったのだとな。これはそのときに残されたものだといってよ」

「焼死したのか」

「そうだ。ただ出火原因が特定できず、失火か、放火なのかわからずじまいだそうだ。冬場の乾燥時期で燃え方が酷かったせいもあったらしい」

「穏やかじゃないね。放火の可能性もあったのかよ」

「あり得る。男と同棲していたが、男はなんらかの理由で数ヵ月まえに家を出ている。そこでいさかいがあったかどうかは、誰もわからない。調べはあったのだろうが母親に保険はかけられていなかったから、そのせいかどうかはわからないが、男は無罪放免になったそうだ。ただよ、自分で家に火をつけて、自分で自分を焼いても、放火には違いないからな」

自分を焼く、という表現に瞬間、絶句する。

「どうせ男に逃げられたのだろう。因果応報だ。子供を捨てて、綺麗に死ねるはずがない」

声を荒らげるでもなく、おやじは淡々といった。

母親は男から恨みを買っていたとか。その逆もありで、本人も自暴自棄になっていたとかも考えられなくもないが、ぼくはそれには触れない。

「その男を知っているのかよ」

「馬鹿な。そんなわけないだろう」

そりゃそうだ。

「木箱の中身は遺留品として渡されたものだね」

「証拠品として、その筋に保管されていたのだろうよ。調べが終わって、戻ってきたのだな。なにしろかなりの年数が経っているから、布は柄物だったがくすんで染みもあってよ。ほんのわずかだが血液らしきものも混ざってた。フレームは丸型でな」

おやじは親指と中指の間を三、四センチほどあけ、マルの形を作った。

「布は触らないようにして、壊れてしまいそうでよ」

破れるではなく、布が壊れる、というおやじ。

「木箱は真っ白な布に包んであったから、職員さんが新しく用意してくれたのだろう」

と続けた。

「いまもあるのかよ」

おやじはまぶたを閉じる。

「それにしても亡くなったときには、警察から施設に連絡が入ったのだろう。母親は施設にいるのを知っていたということかよ」

「男が母親から聞いていて、その男の情報で警察が知らせてきたのかもしれない。どうせ一人息子の居場所くらいは知っておきたいくらいの程度で、調べてあったのだろうよ」

ぼくは祖母の顔を知らなかった。写真すらない。位牌を見たこともないせいか、遺品が残っているのに、遺骨はどうなったのかと気になった。

焼死となると、肉はほとんど焼け落ちたのか、中途半端に残っていたのか。だとするといったんは火葬場に運ばれたのか。収骨後はどうなったのだろうか。どちらにしても生々しい話にはなる。さらりと訊く。遺骨はどうなったのか、と。

「わからん」

一言で片付けられた。

「放火であろうが、なかろうが、遺骨も含めて、いまさらよ」

ぼくは返す言葉がない。

「職員さんも小さかった父さんには刺激を与えないほうが良いと判断したのだろう。どちらにしても父さんは血の繋がらない人たちに助けられ、育てられてきたわけだ」

というと、ぼくから視線を大きく外し、

「でもな。父さんはいっとき女の人が信じられなくなってな。母親と同年齢の女の先生や職員さんにも、心を開けなくなった時期もあった。でもよ、祭りの夜のあの車山に灯された提灯の明かりが、母さんとの出会いを運んでくれた。そのおかげで女の人を見る目が少しずつ変わってきた」

おおっ、おやじ、またまた提灯の明かりが出会いを運ぶって、結構、文学的センスがあるではないか。

「それとな、元子さんにも助けられた。不思議なことに母さんと元子さんが口を揃えていうには、女は女の事情ってものがあって、相当悩み苦しんだ末の決断でなければ、子供を置き去りにできるものではないし、誕生祝いも母親としての気持ちでしょう、とよ。そのあとで家を出ていくというのも、愛情があったからこそだとな。慰めるには、こうとしかいえなかったのだろうが。親の間になにがあったのか知らんが、それにしても女の事情っていったいなんなのだ」

いままでにも幾度となく浮かんでは消えた、素朴な疑問に違いない。

「でもよ。母さんがいってくれた。施設に来てくれたから、こうして父さんと出会えたのだから、となぁ。元子さんは元子さんで、わたしと結婚できたのだから、こんな幸せなことないじゃない、なんてよ」

「あっかるいね」

笑いかけると、おやじからも似た笑いが返ってきた。

「あのころと変わりなく、城があって、山があり、川がある。うつり変わりの激しい時代にそこだけは変わらない。変わらない良さもあるからな。そうだなあ。この際、それだけで、それが良いとするか」

というとスリッパを投げだし、おやじはベッドにあおむけになった。両手で真上にある枕を後頭部深くまで引き寄せ、ふう、とロビーにいたときに似た深い呼吸を一つして、目を閉じた。

何年振りかで眺めるベッドに横たわる、おやじの姿。妙に新鮮だ。

家を出てから、もう何年も寝姿を見たことがなかった。今夜、寝入った顔をこっそり覗いてみたい気もしないでもないが、寝入りの早いぼくの方が先に眠ってしまいそうだ。逆に寝姿を見られるかもしれない。だからといってどうってことはないのだが、なぜか照れ臭さを感じてしまう今夜のぼくがいる。

視線を感じ取ったのか、おやじは壁側に顔を向けてしまった。

ぼくは思い出したように詰まってもいない鼻先にティッシュを当ててみる。

東京を発ち二日目の朝、目覚めてカーテンを開けると予報通り、雨。雫《しずく》のような細長い雨粒が、敷地内に敷き詰められた芝生のなかにストレートに吸い込まれていく。

「朝湯、ひさしもどうだ。結構混んでたけどよ」

おやじはすでに入ってきたとか。

ぼくは温泉より食欲。起床して十分もするかしないうちに腹が減る。あゆみは、なんという丈夫な胃なの。精神的な影響を受けやすいというけど、ひさしの場合、別ものなのね。と呆れ、嫌みっぽくいうが、その声の調子から体の快復を喜んでいるのがわかる。

あゆみは仕事がどんなに忙しくても、朝食には手のかからないクロワッサンと牛乳、包丁を使わないで済む、みかん、いちご、レタス、ミニトマトなどの野菜や果物は欠かさない。

これはぼくにとってもかなりありがたく、洗面を済ませるとパジャマ着のまま、テーブルに着くのが習慣になっているが、ホテルではそうはいかない。着替えを済ませ、おやじとエレベーターで二階へ降りた。

バイキングスタイルの朝食。和、洋、中の料理がコーナーごとに並べられていた。おやじは和食を好むと思いきや、サラダに生サーモンをのせ、ローストビーフにフレンチトーストを皿に盛る。

「好みがかわったのかよ」

「たまにはな。気分もかわる」

ぼくは和食の定番メニュー、味噌汁に海苔、納豆、シャケをセレクトする。

目のまえで女性コックがミニサイズのフライパンで焼き上げる名古屋コーチンの卵を使ったオムレツは人が並ぶだけのことはある。こくと旨みが揃った極上味にうなずき合った。

食後のコーヒーを飲み終え、エレベーターで一階フロアに降りると、たまたま通りがかった昨日と同じドアガールに声をかけられた。

「あいにくの雨になりましたが、雨に洗われる有楽苑《うらくえん》の散策はいかがですか。緑が映え綺麗ですよ。なんでしたら有楽苑と城の入場登閣券がセットになった割り引きクーポンがご用意してありますので、こちら方面に行かれるようでしたら、ご便利かとも」

商売上手だが、押し付けがましさはない。

それに構わず、ぼくは訊く。

「うらくえん、ですか。ゆうらくえん、ではなくて」

「有頂天とか有無の、う、とも読ませますものね。いえね、有志とか、有事のゆう、ですから、ゆう、と読む方もおられますよ」

固有名詞とはいえ客の読み違いを、口角を上げて好感度の高い応対をする。おやじはドアガールの愛想笑いばかりではなさそうな口角上げに、満足気な笑いで応えていた。


昼まえには雨は上がっていた。城には日をかえて、のんびり歩きたいというおやじに合わせ、まずはホテルから目と鼻の先にある有楽苑を散策したあと、城下町をまわり、そこで遅めの昼食をとる予定を組む。

十年近くも住んでいたのに、入苑するのは初めてだという。茅葺《かやぶ》き風屋根の受付小屋の窓から顔を出した年配の女性から呈茶券を勧められた。ぼくとしてはお茶などどうでも良かったが、おやじはホテルのドアガールと似た笑いをその女性にも返していた。おやじはオンナの誘惑に弱いのか。ぼくはジャケットの内ポケットから財布を取りだす。

有楽苑のパンフレットには、四百年の歴史がある庭園と記されている。そんなものなのかと眺めてみるが、これといった特別な感慨は湧いてはこない。

ウィークデイの雨上がりのせいか、訪れる人はまばら。まえを歩くおやじは、雨水を溜めた置き石のへこみに足を置く。

一歩一歩、慎重に足を置く。

ぼくは歩調を合わせ、二石遅れて置く。

途中、茶室の古図で復元された、織田有楽斎好みの意匠が施されているという「元庵《げんあん》」を外側から覗き見する。織田有楽斎は織田信長の実弟であり、茶の湯の創成期に尾張が生んだ大茶匠だと板看板に説明書きがあったが、一読してほとんど素通り。

この先には新しく建て替えられた大茶会を催せるほどの広間があるという「弘庵《こうあん》」の庭先で立ち止まる。竹筒から落ちる水滴の塊が石を弾く絶妙な間と、湿り気を帯びた風に揺れる水琴窟の透明感のある音色に、体の余計な力みが抜け落ちていくような不思議な感覚を味わっていた。

おやじは石を見てつぶやいた。

「この石は御影石か。影の石と書くのだな」

「そうなんだ」

「母さんは娘時代に琴を習ったことがあってな」

「知らないよ。家に琴なんてなかったし」

「持ってこなかったからな」

おやじはさりげなくいったが、琴と御影石を持ち出した真意はどこにあるのか。影の文字を持つ御影石と、優雅な稽古ごとの部類に入る琴。若いころの育った境遇の違いをいまもなお、感じ取ってしまうのか。考え過ぎか。


旧正伝院《しょうでんいん》書院の縁側で、お点前をいただいた。おやじの所作は作法に添っているのか、いないのか判断のしようがないが、正座した後ろ足の左右の親指はきちんと交差して組まれ、背筋はきりりと伸び、一連の動きにも淀みがない。

おやじに倣い和菓子を食べ、椀を回す。抹茶のこくとほろ苦さが口中に広がっていく。香りに刺激を受けたのか鼻先がピクついた。ぼくは椀を膝の上に置き、雨をたっぷり吸い込んだ置き石の苔に視線を落とす。

つい半年まえには無機質な部屋のなかで、一日の大半をパソコンに向かう暮らしがあった。たまに聞こえてくるのは、苛立たし気に部下を叱責する上司の甲高い声と、同僚の陰のある湿った声。やり場のない気持ちを抱え、ぼくは夜の街に出ていく。

昼と夜の境界が曖昧になるほどの、きらびやかな人口光の放出。途絶えることのない足音に神経を高ぶらせ、アルコール臭が蔓延する空間に身を沈めると、壁に反射して跳ね返るBGMの激しい音が耳元に飛び込んでくる。

日々、そんな暮らしに辟易《へきえき》しながらも、どこかでそれが都会人としての証と思い込み、根拠のないプライドを満足させてはいなかったか。

都会人を気取る人間たちに埋もれ、得体の知れない怪物に知らず知らずのうちに、飼い慣らされてしまっていたような。まさに動と動、騒と騒とがぶつかり合う日常にいて、こうした、静、を感じる時間が、果たしてあったのだろうか、とも。

「良いねえ。この静けさ」

と、ぼくは声を潜めていう。

おやじはなぜか座布団を外し、板の間に正座する。

「冷えるよ」

「大丈夫だ」

「足、痛くなるよ」

「これくらい、なんでもない」

おやじは小さく笑って答えた。

有楽苑から城下町通りまでは、歩いて十分足らずのところある。城のふもとにある神社前を通り過ぎると、通りの入り口辺りに土産物店があった。間口が広く、奥行きのある大型店だが、ここも平日の雨上がりのせいか、客足は少ない。これでは楽しみにしていた着物姿の女性は期待できないかもしれない。

おやじは、ふらりとその店に入っていった。

ぼくには観光地にいっても土産物を買うという習慣がない。店先で時間つぶしにスマホであれこれ検索しては、財布を持たないおやじの姿をときおり確かめていたが、しばらくすると戻ってきた。

「欲しいもの、あったのかよ」

「荷物になるし。どうせ、ならな」

駅前の土産物屋で、といいたかったのか。

「この店は下見かよ」

「そんなつもりはないが」

「しゅわりにも寄っていくか」

「おお、時間があればな」

あるだろうよ、とぼくは澄まして答えた。

城下町通りの中央付近にまで進んで行くと、おやじの歩く速度が早くなった。その先に、「どんでん館」と掲げた大きな看板があったせいだ。その建物は和洋折衷の現代建築の特徴を取り入れたデザイン性の高いもので、掲示板には、どんでん、とは車山が城下町の辻を方向転換する様を指すのだと、おやじから「しゅわり」で教わった内容が太文字で目立つように表示してあった。

一階のホールには四輌の車山が展示してあり、そのうちの一輌には豪華な刺繍《ししゅう》を施した幕が垂れ下がっている。先客である三人のおばさんたちが背を曲げ、縫い込まれた一針一針を食い入るように見つめていた。

「立派でしょう。この中本町の水引幕は全国規模の刺繍大会にも特別出品したこともありましてね」

後ろに控えていた濃紺の制服っぽい上着を着た初老の男性があれこれと説明し始めた。訊けばボランティアだとか。

グレイショートに緋色のルージュが引き立つ、丸顔のおばさんが水引幕を指し、

「この車山は中本町。あちらには下本町とか町名がありますが、それぞれの町から車山が出てるのですかね」

「初めは下本町が城の守護神でもある針綱《はりつな》神社に奉納したのが始まりだったのですが、のち

に他の町も出すようになったのです。全部で十三輌あります」

単純に十三の町が奉納しているということか。

「こうした形をとって大がかりな祭りが行われているところは、全国でも数多くあります。青森のねぶたは二十二輌でしたか。たしか大阪岸和田市のだんじりは三十四輌。ほかに祇園祭の山鉾などですね」

「祭りは住民の方の協力なしではあり得ませんね。経済的な負担も少なくないでしょうし」

おばさんたちは現実的だ。

「そのおかげで、こんなに立派な車山を見させてもらえるのですね。ありがたいことです」

というグレイショートのおばさんと並んで神妙な顔付きで聞いていた、二人のおばさんも相槌を打つ。男性は額に手を置き、

「カネの問題に関してはよくわかりませんので。実のところまだ新米でして。それ相応にはあるのでしょうね」

パンツスーツをラフに着こなした長身のおばさんが、

「あら、まだ日が浅いのですか」

品は良さそうだが、ストレートな物言い。

「二ヵ月まえに来たばかりでして。ベテランはお昼にいっていますので帰りましたら訊いて

おきます」

「わざわざ、結構ですよ」

「いや、こちらも知りたいですから」

「では、間に合えば、ということで」

わかりました、と男性が答えた。

「さきほどのお話では、ボランティアをしておられるとか。現役を退かれてからなのですね。健康なうちは、体、動かしていた方が良いですものね。頭も使わないと衰えるばかりですもの。特にわたしなどは」

パンツスーツの長身のおばさんが笑いかけると、男性も浅く顎を上下させ、口元を緩める。

「実は、わたしたちも地元でボランティアをさせてもらっているのですよ。いえ、たいしたことはしてませんが、嬉しい出会いもありまして。こうして気心の知れた仲間もできますしね」

「どちらからですか」

男性がおばさん三人の顔を交互に見ながら訊くと、口数の少なかったガウチョパンツを穿いたぽっちゃり型のおばさんが口を開いた。

「北海道からです」

「それは、それは遠くから」

「年に一度のお仲間との旅行なのです。それにしてもお昼遅いのですね。もう二時近いですもの」

「午前中に団体のお客様があったもので」

「あらまあ、お忙しいのに余計なお喋りをしてしまって」

「構いませんよ。いまはご覧の通り空いていますから。こうして足を運んでくださったお客様と話をするのも、嬉しいものでしてね。二階には交流サロンがあります。そこで祭りの歴史を映像で流してますので、良かったらぜひ」

おばさんたちは顔を見合わせ、そうしましょうか、そうしましょう、と口を揃え、ぼくに会釈すると、エレベーターを使わず、お喋りをしながら、階段を上っていった。

おやじはというと、いつの間にか隣の車山に移動している。こちらの会話など耳に入らない様子だったが、おやじをそれとなく促し、エレベーターで二階へ上がる。

館内を一通り見終え、昼食をとるため、出入り口付近に戻ると、先ほどの男性が近付いてきた。

「入場者名簿にサインをお願いできませんか」

おやじに声をかけたが、ぼくが記帳する。

男性が肩先辺りから覗き込む気配。

二人の名前と略した住所を書き終えると、男性はそのタイミングを待っていたかのように、ぼくではなくおやじに、

「失礼ですが、もしかしたら、ゆきおさんでは」

遠慮がちに声をかけた。

怪訝そうな表情をしたおやじは、ええ、ゆきおですが、と答える。

「やっぱり、やっぱりですね。さっきからそうではないかと」

おやじは興奮気味の男性を見つめている。

「いいだ、いいだよしゆきですよ。愛葉学園で一年後輩だった、よしゆきです」

少しの間を置いて、ああ、ああ。よしゆき、とおやじはいい、頬の表情筋と頭を揺らし、よしゆきくんか、と繰り返した。

おやじは周囲の静けさを気遣ったのか、声を絞り、

「卒業して以来だから、何年振りだ。いや何十年だな」

「本当に、久し振りで」

よしゆきさんとやらはおやじの手を取り、握りしめた。

「元気そうでなによりだ。なんだ、この地で暮らしていたのか」

「ずっとここでお世話になってきました」

「もう誰もいないと思ってたが。そうか、それは良かった。それにしてもこんなところでな」

「たいていの学園出身者は離れていくのが普通ですから。卒園してしまうと会う機会はほとんどなくなってしまいますので」

よしゆきさんは十八歳になり学園を出ると、目をかけてくれていた社長さんの会社に就職をしたのだとか。

「小さな会社ですが可愛がってもらいましてね。住む場所も世話をしてくれました」

「社長って、学園にときどき出入りしてた、恰幅の良いあの人か」

「憶えてますか」

「もちろんだ。一度、酷いいたずらして、こっぴどく叱られたことがあってな」

「みんなで遊んだものでしたね。ゆきおさんは真面目そうだったけど、やんちゃなところがありましたから」

「小学生まではな。あとは大人しかっただろう」

よしゆきさんの薄い唇が開き、微笑みがこぼれた。

「あの社長さんは人情味のある優しい人だったな。四年生くらいのときだったか、水槽に石鹸をいくつか投げ込んでな。固形石鹸だ。ご丁寧にそのなかに手を入れて、泡立ててしまったから、あとで散々説教された。で、社長さんはご健在か」

「亡くなりましてね。昨年ちょうど十三回忌を済まされたばかりです。お元気なら九十半ばになっておられますが」

「そうなのか。となると、あのころは四十代後半くらいだったのか」

うなずき合うよしゆきさんとおやじの背中から、ベテランの案内らしき女性が声をかけた。戻りました、と。

早速よしゆきさんは、女性に町民の経済的な負担について質問し始めた。女性は首をひねり、詳しい数字はわからない、と答えている。

「市の観光課に訊いてみましょうかね」

よしゆきさんは誰にいうのでもなく、つぶやくようにいうと、一人で事務室に入っていった。女性は別の観光客に声をかけられ、なにやら話している。

待つこと十五分余り。メモを片手に戻ってきたよしゆきさんは長く待たせてしまったことを詫びた。

「それぞれの町によって違いがあるので、市では摑めてないですね。町に訊かないとわからないようで、インターネットで調べてみたのですが、どうも住民の気持ちによるところが大きいようですね。北海道の方たちは、まだ館内にみえるでしょうから、説明しておかなくてはいけないですね。ところで、いつお帰りですか」

「まだ数日はいますが」

「それでしたら、どうでしょう。ここでは落ち着けませんから、一杯やりながら積もる話を」

「そうできたら、いうことないですな」

「ただ、お誘いしておいて恐縮ですが、今晩は町内の寄り合いがありまして。明日か明後日の晩でしたら、大丈夫です。もちろん、息子さんも一緒に」

行き付けの店に案内するという。

おやじはぼくの気持ちなどおかまいなく即答した。

「では明日の晩に、ぜひ」と。


翌日の三日目の朝は洋室から移った北向きの和室で迎えた。フロントマンの説明通り、この部屋は城下町通りに面しており、畳敷きの和風仕立てになっているが、一部にはフローリングが敷かれ、そこにはソファーも置かれていた。

ぼくは物心ついたときからベッド生活。昨夜は町の夜景を見ながら、ベッドに入ったが、寝心地が微妙に変化して、久々に寝入りが遅かった。

午前八時四十分。ぼくは朝寝をしてしまった。おやじは眠っていたぼくを気遣ってか、布団のなかでテレビのリモコンを握ったまま音量を絞り、朝の情報番組を観ている。

「起きたか」

おやじはこちらに顔を向けたが、起き上がる気配はない。

「朝湯にいかないのかよ」

寝ぼけ声でいうと、

「昨日は夕方と寝るまえにも、ひさしに付き合って入ったし。入り過ぎて湯あたりするといかん。若い体力とは違うからな」

「眠れたのかよ」

「まあな。久し振りに畳の上のせいか、懐かしくてよ。ベッドを使うようになってから、もう随分になるが、やっぱり体は憶えてるのだな。なんというか、体に馴染むような気がしてよ。寝付きは良かった」

おやじは、夜中に目が覚める日もあってな、とぼやいていたことがあったが、肌艶も良いから、寝入りだけではなく、熟睡もできたのだろう。

ぼくは体が記憶する消えない感覚に、そんなものか、そんなものかもしれない、と感じながら、ふーん、と子供に返ったような声を鼻からだす。

ホテル朝食は昨日とは逆バージョンのセレクトをしてみた。おやじは和食、ぼくは洋食を中心に焼売を小皿に二個だけ置く。人気メニューのオムレツコーナーでは、今朝も五、六人待ちだったが、一向に構わない。

二人の胃袋をフル稼働させ、部屋に戻ると、おやじはソファーではなく、座敷机の座布団に足を崩した格好で、意外なことをいいだした。

「昼過ぎまで、ここでのんびりしてみるか。それから城巡りということでどうだ」

ぼくの返事を待たず、座椅子にもたれ掛かり、おやじはテレビの画面に目を移す。

疲れているのかと心配したが、

「いや、そんなことはないが、ちょっと食べ過ぎたか」

おやじは笑うが、考えてみれば一昨日に東京を発ってから、日中に部屋でゆっくりくつろぐ時間は少なかった。それも良いだろうと、おやじに従うことにする。

テレビはおやじの独占状態。リモコンを使いチャンネルを一巡させるが、なかなか観たい番組が決まらないらしく、あちこちと画面を変えている。ぼくは思いがけず空いた数時間をどうしたものかと思案する。

偶然、テレビは手話ニュースを流していた。おやじのリモコン操作が止まる。二人は画面に見入る。

手話という言語形態に関心を持ち始めたばかりだ。

ぼくはスマホで手話の動画を検索してみることを思い付く。「こんにちは」「ありがとう」「さようなら」など、初めて外国語を学ぶときのように、先ずは基本的な言葉の手の動きをマスターしてみようかと考えたのだ。


こんにちは→人差し指と中指を額の真ん中に立てたあと、胸の辺りで肘を折り、両手の人差し指を同時に丸く曲げる。

ありがとう→胸のまえに水平に置いた左手の甲のうえに、右手のひらの小指側を直角にのせ、右手を挙げながら、お辞儀をする。これは相撲の勝ち力士が行事から懸賞金を受け取るときのしぐさからきているとも。

さようなら→右手で手を振る。通常の動作と同じ。


文字にするとこんな具合だが、動画なら一目瞭然。ほかにも幾つかの手話を見よう見真似で習っていると、おやじも興味を抱いたのか、腕や指先、唇も使い、動画の動きを真似し始めた。

二人はときおり顔を見合わせ、それは違う、こうだろうと教え合うというか、けなし合うというか、上手くいかないとお互いを笑い合う。まるで相手の不味さを楽しんでいるかのようだ。

時間を忘れ、次第にエスカレートしていく。いくつかの手話を覚えたころには、午後一時を過ぎてしまっていた。

遅い朝食のあとなので腹は減ってはいなかった。昼食抜きも考えたが、ホテルの一階フロアにある、あの喫茶コーナーに寄るのも悪くないと、そこで軽く済ませることにする。

ホテルの敷地内の広々とした芝生とフロアーとを仕切る壁は全面ガラス張り。晩冬から初春へと移り変わる日差しは、どこか奥ゆかしさを秘めている。

喫茶客はまばら。隣に設置された物産展コーナーは主婦らしき人たちで賑わっていた。

おやじは紅茶が良いという。

「コーヒーじゃないのかよ」

「朝、飲んだから」

とおやじは答えたが、ぼくの鼻がむずついた。

「あの日は紅茶かよ」

と訊くと、

「ちょっと背伸びしてよ」

なにが紅茶くらいで背伸びか。馬鹿バカしくて付き合っていられないが、亡妻との思い出を忘れていないおやじに息子としては、くすぐったい嬉しさもある。

再婚した元子さんの顔がちらついた。元子さんならあっさりいうだろう。良いじゃないの。ちっとも構わないわ。わたしも大切にされてる、つ、も、り、と茶化し、あのカラカラ笑いをするのだろう。

ホテルを出ると、昨日の城下町通りと同じ方向へと向かった。歩いて十数分のところに、犬山城に隣接した針綱神社がある。ここは五穀豊穣、厄除け、長寿に子授け、安産などの神としても祀られているという。

「子授けにご利益があるらしいな。ひさし、お参りしておけよ」

とおやじがいうから、ぼくはいい返す。

「長寿にもよ」

「長生きかあ」

思案顔をしたおやじは、それでも拝殿に向かい快活に歩き出した。

神社から城までは二百メートルあるかないか。城の入り口で入場登閣券を渡し、六十代前半くらいの男性から履物を入れるビニール袋を受け取ると、袋をぶら下げ、四十五度近くはありそうな急階段を登る。

階段と階段の間にあるスペースには、甲冑《かっちゅう》などの展示物はあったものの意外とその数は少ないせいか、人の流れはスムーズだ。

この城は織田信長の叔父、織田信康によって創建され、築城当時の木材が多く残っているとのこと。また現存する日本最古の様式の木造天守閣だそうだ。事前ににわか知識を入れておいたせいか、床のすき間から戦い人の荒い息遣いが伝わってきそうな空気感を味わいながら、ときおり聞こえるミシキシと軋む音に耳を傾けた。

急斜面につい気をとられ、無意識に足元をかばい、冷えたつま先に力が入る。ぼくはおやじの足元にも気を遣い、周囲の静けさに溶け込むかのように黙々と進む。

途中、額縁に飾った年表や歴代の城主名を、おやじは時間をかけて読み、ぼくは流し読み。二人の歩調が揃ったところで、天守屋上を目指し再び登り始めた。

最上階になる四階には、「高欄の間」というスペースがある。そこには赤い絨毯が敷かれていた。靴を脱いだ足裏の感触は古材の階段とは異なり、少し湿気を帯びた弾力のある素材が皮膚に馴染むのか、心地よさを感じながら、一歩一歩踏みしめて、その間を取り巻く回廊の廻り縁に出る。

眼下には木曽川、遠くに岐阜城、名古屋市内の高層ビルを眺め、雨に洗われ澄みきったその絶景に、ふうっ、と思わず息がもれる。胸を広げて鼻呼吸を目いっぱいしてみる。鼻の通りを邪魔するものはなにもない。おやじはというと、廻廊を一回りすると他の観光客の歩みを妨げないように、太くてがっしりとした木枠に手をかけ、体の重心を南方向に傾け、顎を上げ、一点を見つめている。そこには息子の存在などはないに等しい。

果たして、そこになにがあるのか。あったのか。施設の跡地の方角なのか。それとも他者には窺い知れない記憶の映像が眠る地なのか。

遠景に視線を置いたまま、おもむろに西側に移動したが、ここでも立ち止まったまま。たしかこちらは岐阜方面。おやじの出生地は岐阜県。声をかけるのは憚《はばか》られた。ぼくはおやじと距離を置き、他の観光客にまぎれ込み、望楼型の回廊をもう一度、時間をかけて一巡してみる。

午後七時ちょうどにホテルロビーに現れたよしゆきさんは、黒シャツに赤みがかったジャケットを羽織っていた。背筋を伸ばし、ぼくたちを見つけると、弾けるような笑いを浮かべた。見た目や表情といい、仕事中とは別人のようだ。

「ほう、若返ったな」

よしゆきさんは照れ臭そうに、妻が着ていけというものですから、と頭を掻いた。

「ほう、奥さんに」

「同い年ですが、気だけは若くて困ります」

「結構じゃないか。トシに負けていてはいかんからな」

おやじの耳を疑いたくなるような返し言葉に、あら、まあ、と呆れる元子さんの声が聞こえてきそうだ。

普段おやじが身に着けるものといえば、全身、濃紺か黒、グレーの無難な定番カラー。旅先の服装もたいして代わりばえがしない。デザイン関係の仕事をする元子さんに、定年になったのだから、もっと冒険してみたら、といわれても、聞く耳持たず。

「店は駅前の裏手にありますので」

と案内をし始めたよしゆきさんのあとを追う。

おやじは意識したのか、心なしか背筋をまっすぐに伸ばし、もともと伸びているよしゆきさんと、ときおり声を潜めた会話をするが、ぼくは素知らぬ顔でスマホをいじりながら、付かず離れずの距離を置く。

陽が落ちたホテルの敷地内にある広い駐車場を横切り、本通りに出た直後におやじは振り返り後方を見上げた。ぼくとの距離を縮め、指差したその先には山の稜線を闇に沈め、モノトーンの人工光を浴びて、天空に浮かび上がる古城の姿があった。雄々しさと幻想性さえも感じさせるその佇まいに、思わず感嘆の声をあげてしまっていた。

「ゆきおさんはこの夜景を見てますね」

よしゆきさんは語りかける。おやじは軽くうなずいたが、城から目を離さない。

「昭和の大修理後にライトアップが始まりましてね。修理に四年もかかっています。三十六年から四十年にかけて、でしたか」

具体的な数字を並べられ現実に引き戻されたのか、詳しいな、とおやじは返す。

「あっ、いけないですね。つい説明口調になってしまって」

「いやいや、構わないですよ」

「採用されると、何日か研修期間がありましてね。市の歴史も学ぶのですが、長く住んでいても知らないことが多くて。今日のように質問されても答えられず、まだまだです」

「いやいや会社を辞めてからも、この町の手伝いをしてお役に立っている。たいしたものですな」

「学園出身の私が、ですからね。いえ、それだからこそ必要なのでしょうか」

いまのよしゆきさんの心底には、この地に対して感謝の気持ちと、育った環境がどうであれ、いまの生活ぶりを自身も含めて、認め、納得させたかったのか。

よしゆきさんにも入園しなくてはならない事情があったはず。だがぼくにはそれを知る必要もない。

城を見つめ、おやじは黙したまま立ち尽くす。よしゆきさんも同じ姿勢を保つ。似通った境遇と同じ環境で育った者同士が理解し合える、デリケートでディープな間なのか。

「もう誰とも会えないと諦めてましたが」

よしゆきさんは口元を引き締め、姿勢を崩さないおやじの横顔に淡々と語りかけた。


三人は表通りに掲げてある喫茶「しゅわり」の看板を横目に見て、明かりがともった土産物屋の店先までくると、よしゆきさんは歩みを緩めた。

「ゆきおさん、この土産物屋、憶えてますよね」

「もちろんだ。実は、着いて早々にな、といっても覗いてみただけだが」

「やはりですか」

「店があるかどうかも、わからなかったが。しゅわりという喫茶店にもな。絹代姉さんや繭子さんも元気にしておられた」

「実はぼくもその喫茶に通ってましてね」

よしゆきさんは嬉しそうに返す。

「ほう、そうなのか。コーヒーが旨かったな」

「水が違いますからね。『牛岩の水』といいまして」

よしゆきさんが説明しかけると、絹代姉さんから訊いてるよ、とおやじは柔らかく遮った。

「実はその水の運び役に、一役買ってましてね」

「男手がないようだから、助かるでしょうな」

「週に一度ですが、トーストと和風プリンをご馳走になるのが、目当てなところもありまして。もちろんコーヒー付きで」

というと、よしゆきさんは頭を掻いた。

「ほう、われわれにはトーストとプリンとやらはなかったですな」

おやじは、なあ、と眉を目いっぱい上げ、茶目っ気顔をしてぼくを見る。

「プリンはモーニング限定メニューでしてね。豆乳仕立ての手作りだそうで。数に限りがあるのですが、水の運び役は朝が早いので有り付けます。これが結構コーヒーとも合いましてね」

よしゆきさんは目を細めていった。


小料理屋は「しゅわり」の裏手にあたる道一本を隔てた先にあった。よしゆきさんは慣れた手付きで、膝の辺りまで届きそうな厚みのある長い暖簾《のれん》に手をかける。

いらっしゃいませ、愛想の良いおかみらしき人の太い声が迎えた。常連のよしゆきさんが客を連れてきたので、気を遣ったのだろう。座敷へどうぞ、と歯切れよく一声響かせた。

四人掛けのテーブル席が左右に三卓並んだ通路を、よしゆきさんを先頭に奥の座敷に向かう。通路はクッション性のある板敷きになっているせいか、足元が心持ち軽い。座敷の二テーブルは掘りごたつ式になっている。隣のテーブルとは天然木の衝立《ついたて》で仕切られ、通路側の襖を閉めると隣客がいないせいもあり、個室状態に近く落ち着けた。

よしゆきさんは運ばれた酒を、おやじとぼくのグラスに注ぎ終える。

「あらたまった挨拶は失礼させてもらって。さっきの続きですが」

「ん、しゅわりのことかな」

おやじが訊く。

「違いますよ。あの話ですよ。どうにも気になりまして」

おやじは、ああ、ああ、と息の抜けた声をだした。

「やめておきますか」

「いや、息子に事情は話してありますから、そんなに深刻になる必要はないですが。この際、聞かせてもらった方が良いですな」

よしゆきさんは納得したかのように、ぼくから視線を外すとグラスを両掌で握り締めた。

「実は、板津家は婿養子を迎え入れましてね。一昨日、息子さんにお会いして、こんな立派な方がおられるのに、などとお節介ながら、考えてしまいまして」

「失礼だが、その情報は間違いないですな」

その物言いは控えめだが、きちんと確かめておきたい意思が表れている。

「確かです。その婿養子というのは私の息子の知り合いなものですから。息子の話では、真面目な人のようです」

「それは、それは奇遇なことで。失礼をしましたな」

よしゆきさんは、いえいえ、といい手を左右に小さく振る。

「そんな方なら安心ですな。妻は勘当同然の身でしたし、あちらにしたら無理もありません。どちらかの妹さんに婿養子を迎えたのはいつごろなのかわかりませんが、おそらく、というより間違いなく妻が亡くなってからでしょう。葬儀にはごく近い者が参列してくれましたが、いっさいそんな話はなかったですから。もし、もしもですが、その婿養子を迎えるまえに、息子にといわれたとしても、こちらは受けることはなかったでしょう。妻はすべてを捨てて来てくれましたから」

ぼくは母さんが三姉妹の長女だということを思いだしていた。

それにしても、おやじの口振りは、あらかじめ返答を準備してあったかのようにスムーズだった。

おいおい、ぼくにも考える時間くらい与えてくれても良いのではないか、ともいいだせない。ただ失業中の身としてはこの話に、まったく色気がでないわけでもなく、なあ、とまたもや相槌を求めるおやじは一方的だ。

「そうでしょうけど。あれだけの家ですから」

「いや、あれだけだからこそ、でしょう」

と答えるおやじの顔を、よしゆきさんは凝視する。

「ところで、他のご家族はどうされているのか、知ってみえますかな」

といいますと、とよしゆきさんは訊き返す。

「ご両親は息災で」

「ええ、お父さまは、かなりご高齢になってみえますが、お元気なようですよ。奥さまはすでに亡くなってみえますが」

おやじはうなずき、過ぎ去った年月を数えるように、

「九十歳は超えておられるのでしょうな」

といった。

ぼくにとって祖父母という存在はないに等しい。いま手の届くところに祖父がいるという

事実に、会ってみたいという衝動に駆られたが、それよりも、どこか懐かしい風がぼくの体のなかを通り抜けていく感覚を味わっていた。

「やっぱり、ゆきおさんですねえ。あのころから、ちっとも変わっていませんね。人に甘えず自分を持ってみえる。中途半端な事情しか知らないのに、余計なこと、喋ってしまい悪かったです」

よしゆきさんは感じ入ったようにいうと、膝に手を置き、頭を下げた。

おやじはそんな人間性を持ち合わせていたのか。たしかにぼくとは違い、頑固ともいえる筋の通った生き方をしているようには見えてはいたが。それだけに定年後に始まったと思われる元子さんへの干渉は一時的なものなのか。少なくとも目の前のおやじからは想像すらできない。

「いやいや、板津家の、その後のことはなにも知りませんでしたから。むしろありがたかったですな。東京へ帰りましたら、墓参りをして妻に報告しておきます。安心するでしょうから。ひさしも一緒にいくか」

またまたぼくに振るから慌てる。たびかさなる、なあ、の相槌を求める姿といい、こちらに来てから完璧におやじペース。だがぼくの鼻はそれを嫌がってはいない。その証拠に今朝から鼻呼吸を邪魔するものはない。ぼくはおやじの顔を横目に見て辛口の酒を、ググッと飲み干す。

午後十時過ぎ、明かりを絞った土産物屋のまえで、よしゆきさんと住所の交換をして別れる。「しゅわり」もすでに人の気配すら感じない。二人はほろ酔い気分で川岸に沿って歩く。ときおりすれ違う車のライトは、夜の川には届かない。

ぼくは後継ぎの話を反芻《はんすう》してみる。

母さんが亡くなったあと、現実味を帯びた話として耳に入っていたとしたら、ぼくはどうしていただろうかと。悩むには違いないが、案外母さんは喜んでくれるのではと思わないでもなかった。

静寂さが戻った夜道を歩きながら、なぜかそんなことを考えてしまうぼくに、ぼく自身が戸惑う。

「もしも、もしもだけどよ、母さんが元気なころに後継ぎの話があったとしたら、母さんはどうしただろうよ」

ぼくはふいに思い立ったような軽さで口にだしていた。おやじは意外そうな、それでもたいして驚きもせず、それどころか冷静に返してきた。

ひさしはどう思う、かと。

「母さんの考えそうなことはわからないけど、きっと断るよ。おやじの立場を優先するのじゃないか」

素直な気持ちに違いないが、ぼくは善良な人間を演じてはいないか。

「そうかな」

というと、おやじは複雑な顔をした。この表情はひょっとして、仮に母さんが実家に戻っていたとしたら、病気も早期に発見できていたのかもしれないという後悔や失業中である息子のいまを考えたとき、迷いらしきものが、ほんの一瞬だとしてもよぎっていたのかもしれない。

すっかり乾いた道路に、二人が踏み落とす足音が響く。

「東京に帰ったら、本気で職探しするよ」

「当たり前だ。いままでは違っていたのか」

「どこかで甘えたところがあったかも」

「どうしようもないやつだ」

おやじの呆れ顔に俯《うつむ》くしかない。ぼくは居心地の悪さを感じて、話をかえる。

「明日は施設の跡地にも出かけてみるかよ。明治村や牛岩の水とやらにいくには、レンタカーを借りても良いし。もっとも明治村にはたっぷり一日はかけないと回りきれないけどよ」

「いまさらな。なくなっているところにいってもしかたがないだろう。時間があるなら、しゅわりに寄ってみても良い」

ぼくはおやじの肩に軽く手をかけ、今度はぼくが呆れ声を作り、

「あるっていっただろうよ。素直じゃない。寄りたい、っていえよ」

おやじは、あはっ、と笑い返してきた。

ぼくはスマホを手にする。ぼくの知らない娘時代の母さんの目に映ったこの夜景を、しっかりとカメラに収めておきたかったからだ。

――ライトアップされた城が綺麗。明後日の朝こちらを発ちます――

元子さんとあゆみにメッセージを添え、写真を送る。


四日目の朝は昨夜の就寝時間が遅かったせいか、おやじはまだ熟睡中。午前八時半。久々の寝顔を見るチャンスだ。遮光カーテンはそのままに、枕元の和風スタンドの薄明かりをともしてみる。

その顔は起立時と比べ、しわは浅めだが、顎の辺りの緩みは深かった。

今日は「しゅわり」三昧で締めてみようかと思う。そこでゆったりとコーヒーを味わい、絹代姉さん、繭子さんと覚え立ての手話で片言の会話するのも良いだろう。時間が余れば、

その周辺をぶらぶら歩きも悪くない。

足を延ばすと、桃太郎伝説誕生の地と伝わる神社もあるとか。おやじは気乗りしないかもしれないが、たまには童心に返るのも悪くない、と誘ってみようか。

天気予報は晴れマーク。最高気温十六度。最低気温五度。まずまずの陽気。

おやじが寝返りを打った。慌てて明かりを消す。だが目覚める様子はない。枕元近くに置いたままのテレビリモコンを少しずらし、眠りの時間を長引かせておこう。

ぼくは忍び足で襖を開け、後ろ手で閉める。腹が減ったとアピールする胃を抑え、一階にある温泉に入るため、一人エレベーターに向かう。

漂う人

すき間をぬう

強風に押された庭木の枝葉が前後左右に大きくゆれている。雨足もつよく大粒の水滴がガラス戸にあたり、まるでいも虫が透明の体液をながしながら、蛇行線をえがき落ちていくさまに似ている。

中部地方をおそった六月の台風は八年ぶりだとか。

「尾鷲港《おわせこう》から中継しています。この強風で傘はなんの役にも立ちません」

絶叫に近い声を声をあげ、レインコートを着込むテレビのなかの若い男性アナウンサーは、ヘルメットをかぶり、風に吹き飛ばされまいと、必死の形相でマイクを握っている。

私はいも虫の大群から気をそらすため、雑誌を手にする。だが目は活字を追ってはいるが、耳はしっかり風雨の音をとらえてはなさない。

背をまるめ、膝をかかえる。ソファーにもたれかかる私の居空間はわずか半畳にも満たない。このままヒョイと頭を小突かれでもしたら、重心をうしないコロリと倒れ込んでしまいそうな不安定さがある。

こんなはずではなかった。今年の春、夫の転勤と、息子の大学進学が重なり、家をはなれる二人の荷物を送りだしたあと、四十代半ばになって初めて経験する独り暮らしの解放感に、何度ほくそ笑んだことか。それなのにいまの私は一人でいることが心細くてしかたがない。

気象予報士は紀伊半島をよこぎり、東海地方を直撃して日本海にぬけたあと、温帯低気圧に変わるだろうと予想する。どうやら夫が赴任する九州や、息子の大学がある関東地方には影響はなさそうだ。

まずは安堵したが、物音に敏感になっているのか、固定電話が発した金属が絡み合うような機械音に体が反応した。このあとに呼びだし音が鳴ることはわかっている。

すぐさま腰が浮き上がった。私を心配した夫か息子が休み時間にかけてきたのかと思ったせいもある。電話口から聞こえてきたのは、近所で独り暮らしをする叔母の声だ。

「こんな時期に直撃だなんて、最近はおかしなことばかり起こるねえ。集中豪雨に干ばつ、猛暑に豪雪。いったい、どうなっちゃったのかしら」

叔母の声質はドライフルーツの乾いた甘さとさっぱりとした後味の良さがある。今日は甘さより酸味がまさっている。

「この家は伊勢湾台風や第二室戸台風の被害にあってるでしょう。もちろん、その都度手は加えているけど、年月には勝てないわねえ。突風がふくと、ミシミシッって悲鳴をあげるの。

そのたびなにかが壊れていくようで、身が縮む思いがするわ」

「どうかしたの。いつもの叔母さんとは違うみたい。なにかが壊れていく、なんてね」

「ああ、別に。わたしは時々おかしなことというものねえ」

というと叔母は、ふふっ、と笑う。私は無反応、というより、そんな間を置けないほど即座に、

「あら、否定してくれないの」

すねた声をだし、また、ふふっ、と笑う。

「おまけにねえ、天井から埃が落ちてくるから、床や畳、家具の上まで拭かなきゃならないし、たまったものじゃないわ。体に堪えるのよ」

この手の愚痴は以前から聞いている。私だってちっともいいことないわ。雑誌が読めないほど落ち着かなくて困っている。それに埃のことといわれてもね。

胸のなかでつぶやいてはみるが、口にはださない。そんなことをいえば、そりゃそうねえ、お邪魔したわねえ、とあっさり何事もなかったかのように取りつくろい、その実、気を悪くして電話を切ってしまうかもしれない。

いまの私は誰でもいいから話し相手が欲しかった。いも虫から気を紛らわしたかった。初めて聞くように返す。

「ほんと大変ね」

「ところでねえ、近いうちに空いている日ないかしら。ちょっとお願いしたいことがあるんだけど」

叔母は用件を切りだした。どうやら心細いから電話をしてきたのではないらしい。

「どんなこと」

「電話では、ちょっとねえ」

「ややこしい話なの」

「ちっとも」

といいつつ、叔母は、

「印鑑がいるの。申し訳ないけど、そのときに持ってきてくれる。三文判でいいから」

できあいの印鑑だとしても、充分ややこしそうではないか。そうはいっても叔母の頼みだ。むげに断るわけにはいかない。結局、明後日の木曜日に叔母の家で会う約束をした。

そのあと一時間近く世間話をして電話を切ったが、窓ガラスのいも虫たちは心なしか弱々しくなり、数も減っているように見えた。

叔母と親しく言葉をかわすようになったのは、もう二十年近くもまえになる。私が結婚を機に祖父母の家近くの土地を譲りうけ、そこに新居を建てて暮らし始めてからだった。

次期自治会の世話役の初顔合わせの席でのこと。

「あらあら、一緒になったのねえ」

叔母とは祖父母の家に引っ越しの挨拶にいったとき以来だ。

「正毅《まさき》くんとはお初ねえ」

五ヵ月まえに生まれた息子の正毅は、私の腕のなかで眠っている。私は祖母を通してもらった出産祝いのお礼をいった。

「いえいえ、気持ちだけ」

叔母は、さらっと返すと、

「手がかかるときでしょう。私は子育ての経験がないけど、なんとなくわかってあげられるわねえ。なのに、世話役、頼まれちゃったの」

数ヵ月まえ、玄関先で隣家のかっぷくの良いおばさんに、世話役、どうかしら、と声をかけられた。私は慣れない育児にふりまわされている。とてもとても、と断ったが、引き受け手がなくて困ってる、とぼやかれた。

役の負担はかなり減っている。子育て中の母親でもこなせる程度だという。頼まれるとなかなか断れない私。これを機会にご近所さんを知るのも悪くないと考え、不安をかかえながらも引き受けることにしたのだ。

「わたしと同じようなものねえ。定年になって家にいるから、頼まれてしまって。長年、会社勤めをしていたから、地域のことがさっぱりわからなくてねえ」

叔母は正毅の頬にそっとふれ、

「心配しないで。わたしには時間があるからサポートするわ」

私は遠慮をしなかった。それからの叔母は正毅の具合が悪くなったりして定例会に欠席すると、資料を届けたり、自治会費などの集金があると代わりに何軒かの家をまわってくれた。

意外だったのは正毅をとても可愛がり、動物のぬいぐるみを土産に持ってきたり、ベビーカーを押して公園へ散歩に出かけていったりしたことだ。

幼いころの私は電車を乗りつぎ、ときおり両親や姉と一緒に祖父母の家を訪れていた。叔母は子供には関心がないらしく、両親に挨拶をすませるとお義理程度に私や姉の頭をなでると、自室に入ったまま、それっきり出てこなかった。

私は二階の窓から見える公園広場で、ドッチボールやかけっこをして遊ぶ同年齢の子供たちの仲間に入りたくてしかたがない。運動が苦手の姉は誘えない。他の大人たちはお喋りに夢中で、退屈でしかたがなかった。

「子供が好きじゃないと思っていたけど、そうじゃなかったね」

そんな話をしたことがあった。

「ああ、あのころは仕事が忙しくて、休みの日も持ち帰った書類整理でゆっくり休めなかったから。そういえば一緒に遊んであげたりもしなかったねえ」

「相手にしてもらえなかったね」

はっきりいうと、叔母はふっと自嘲気味に笑い、少し寂しそうな表情をしていた。


叔母との約束の時間は午後二時。

「昨日は一日中、掃除三昧だったわ。見えるところだけは綺麗にしたけど、そうでないところは手ぬき。都合の悪いところは、隠すに限るねえ」

ソファーにすわり、ふふっ、と笑ったが、今日の声質は酸味がぬけ、甘さが戻っている。

「私なんていつものことで。とくに春から男たちがいなくなってからは、ますます磨きがかかってきたわ」

一昨日の心細さを忘れたわけではなかったが、私は、ははっ、と笑った。

「ところで、話って」

急いでいたわけではない。三文判が気になっていただけのこと。

「そうなのよ、そうなのよねえ」

叔母はふいに思いついたようにいうと。封筒から数枚の用紙を取りだした。一枚目の見出しには『有料老人ホーム入居申込書』とある。

手もとに引き寄せる。

「なに、これ」

「そのままどおり。老人ホームはプラチナホームとも、わたしには読めるのよねえ」

ふふふっ、と意味ありげに笑う。

「ここに入るつもりなの」

「両親を看送ってから、独りで暮らしてきたけど、そろそろこの家をお世話するのが難しくなってきたからねえ。見た目は元気そうでも、疲れやすくなっているし、膝のいたみも酷くなってねえ。掃除も休みやすみ」

叔母は左膝に手を置く。

「二Kの部屋は狭いけど、掃除は楽そう。埃も落ちてこないし、階段を上がったり下りたりしなくてもいいし。食事も用意してもらえるものねえ」

父親の実家でもあるこの家は部屋数も多い。家事負担が軽くなるのだ。納得。

「保証人が二人いるから、兄貴にも頼むつもり」

兄貴とは私の父親のこと。

「父さんには話してあるの」

「これからだけど、大丈夫でしょう」

叔母は軽くいうが、残った家はどうするのか。

「しばらくはそのまま。でも、まあ、そう長くならないうちになんとかしなくてはねえ。兄貴は婿養子に入ったから、家のことはわたしに任せられているけど、相談はしてみるよ」

気持ちは固まっているのか、淡々という。

「どこにあるの」

「小山南というバス停のまえだよ。車なら十分とかからないから安心だねえ。で、引き受けてもらえるなら、ここに押してくれる」

そういうと叔母は朱肉のふたをあける。

「それとねえ、まだあるのだけどねえ」

重ねてあったもう一組の用紙を見せる。

上段には、公益財団法人　寿久会　御中、とある。最下段には会員番号、登録大学、同意者として四名分のサインスペースがあいている。

「なに、またこれ」

「献体しようかとねえ」

献体って、自分の遺体を医学の研究のために差しだすことではなかったか。

「早めに手続きしておいた方がいいかな、とねえ」

叔母はここでも淡々と話す。

「親族の同意者が四人いるの。両親は亡くなっているし、家族もないものだから。もちろん兄貴には頼むけど」

プラチナホームとやらに入りたい気持ちはわかってあげられるが、ここまで考えているなんて思ってもみない。

「なぜ、こんなことを」

「医療のお役に立てたらとねえ」

「それだけ」

「それが一番」

「二番目があるの」

「あるといえば、あるかねえ」

叔母は一呼吸、いや三呼吸ほど置き、

「わたしはねえ、いままで綺麗に生きてきたわけではないの。人を傷つけたり、足を引っ張ったりしたこともあった。仕事をしているといろいろあったから。それにねえ、子供を産んで育てることもできなかった。わたしは社会のお役に立つ生き方をしてきたとはいえないもの」

そういったあと声を潜め、

「だから、せめて最期くらい」

と続けたが、私には腑に落ちないものが残る。

「老人ホームはともかく、献体の話はちょっと違うと思うね。私だって、綺麗にばかり生きてきたわけではないから。いい過ぎかもだけど、誰にでも一度や二度はそれらしきことがあるかもね。作為があるとかないとかは別として、綺麗に生きたくても、それこそ、いろいろあるから。それとね、子供を出産するとか、しないとか、育てるとか、育てないとかは人それぞれの生き方があるはずよ。いろいろな選択肢があって当然だもの。そんな考え方、いまどき時代遅れだね」

私は冗談めかしていう。この年代の人ならではの考え方なのか。それとも叔母は結婚したくてもできない事情があったのだろうか。

「そうかもしれない。でも人はどうでもいいのよ。ただ、わたしのなかでは、それで区切りがつくの。いえ、つけさせたいの。また変てこなことといっているねえ」

叔母の真顔が崩れた。

「それからねえ、いざ、その場になると、身内が献体するのをためらったり、拒んだりする場合があるようだよ。無理もないし、それはそれでしかたがないことだから、どちらを選んでくれても恨んだりはしないよ。化けて、出てこないから」

叔母は、ふふっ、と大袈裟に笑うと、

「実をいうと、献体の方は迷いがなかったけど、老人ホームから空きの連絡はもらったものの、悩みだしてしまってねえ」

「生まれ育った家をはなれるのだから、無理ないね」

「それがねえ。昨日、一通り掃除をしたあと、久しぶりに上り框《かまち》の古びたケヤキの木を磨いてみたんだよ。すわり込んで、ゆっくりと何度もねえ。そうしたら不思議なことに迷いがふっ切れて、すっきりすればいいよ、好きにすればって、どこからか声が聞こえてきたような、聞こえなかったような」

叔母は視線を私に戻す。

「木には木の精が宿るって、誰かがいっていたけど、それかねえ」

木の精って。そんなものいるわけがないではないか。それこそ気のせいだとはいわず、黙って聞く。

叔母は近所の専門店で買ってきたという小豆入りのワッフルを私にすすめると、紅茶を口に含む。ストレートティーだという。

私は二つの書類に目を通す。

叔母の家を出た二人は公園の芝生広場周辺を散歩する。青空は戻ってはいるが、植え込みのツツジが倒れ、おれた枝葉がところどころに散乱している。台風後のウィークデイのせいなのか、子供たちの姿はほとんど見られない。

広場北側に設置してある赤や黄、青の色あざやかな遊具のまえで、年配の夫婦が立ちどまり、遊具とは関係のない東方向を指差し、なにやらうなずきあっている。

高台にあるゴルフ場付近か。その少しまえを幼児の手を引く若いお母さんが、その夫婦の歩みをせかすかのように、うしろをふり返る。

私のバッグのなかには『入居申込書』と『献体同意書』が入っている。押印は夫の耳に入れてからにするつもりだ。

「それがいいねえ。悪いわねえ」

叔母はしんみりいったが、口ほど気にしている様子はない。

「プラチナホームとかにいっても、会えるよね」

「もちろんだよ。いままで通りお喋りをしたり、散歩しようねえ」

叔母の声質が、ドライフルーツの乾いた甘さに、甘えが加わった。

「良かった。そうしようね」

ほっとした私はふざけ半分で、軽いスキップをしながら、歩幅を広くしたり狭くしたりして、道路面にぴったり張り付いた落葉のすき間をぬうようにして歩いてみる。

ふり返ると、叔母も似たような歩き方をしていた。

「踏まないようにするのは難しいねえ。踏みつけたくもないし」

叔母は私の目を見て、ふふっ、と笑った。さりげなくいったはずのその言葉に、なぜかドキリとしてしまったが、私はスキップ歩調をゆるめることはない。

匂い立つもの

グワッ、ゴワッッと息を吐く。グワワッ、ゴワワッッと息を吸う。まるで壊れかけたロボットの喘ぎ声に似た人工音を、私は耳障りな音として聞いている。嗅ぎ慣れたというにはまだ早過ぎるクレゾール臭が鼻につく。枕代わりにベッドの柵にかけた両腕に痛みを感じた。どうやら知らぬ間に眠ってしまったらしい。

叔母がこの病院に救急搬送されてから今日で三日目。病室内は低温治療のため肌寒さを感じる。私は七分丈の袖口から露出した肌に手のひらを置く。

午後三時。廊下を行き交う人の声が聞こえる。見舞客か。私は薄目を開け、ベッドに横たわる叔母の様子をうかがった。

口を大きく開き、太管を挟んだ唇には青みがかかり、強力な接着剤で固められたようなまぶた。まるで石こうで固めた人形の顔に似て、そこには意識の混濁もなく、痛みや苦しさの感覚ははるか遠くに葬りさられているかのようにみえる。

「誰にも迷惑をかけず、すうっと逝けたらいいね。わたしは家族を作らなかったから、よけいにそう思うよ。いまがそのときだよ。呼吸器を外してくれるかねえ」

異物を挟んだ唇のすき間から、叔母の声が聞こえた気がする。


もう四年もまえになるが、叔母は長年暮らした家を離れ、老人ホームに移ることを決めた。家の老朽化や体力的な衰えを感じてのことだったが、それまで生活していた父の実家でもあるその家は、いまでも残してある。近い将来に向けて、なんらかの形で処分を考えているようだが、なかなか決断がつかないらしい。

いまでも叔母はときおりこの家を訪れる。

「近ごろ匂いが妙に鼻につくようになってねえ。いえねえ、決して不快な匂いではないのよ。むしろ懐かしさを感じるのだけど。なんだか言葉を持たない家が、声にならない声をあげ始めた気がしてねえ」

帰り道に二人で寄った馴染みの喫茶店で、ココアを注文すると、叔母はつぶやくようにいった。

私は真顔で訊く。

「なにか聞こえるの」

「このままにしておくのかいって」

「中途半端なままでは嫌なのかね」

「そうかもしれないねえ」

叔母は無表情でいうと、ふふっと笑った。

住み人のいなくなった古家は内側に籠もった臭いを手繰り寄せ、土壁や柱、畳の繊維、置き去りにされた家具や調度類に滲みつかせていくのか。

それはまぎれもなく、かつての住み人であった祖父母、叔母、そしてときおり訪れた私や両親、姉の息遣い、床をふむたび漏れ落ちる皮脂が混じり合ったものであるはず。

叔母は玄関ドアを開けると窓という窓はもちろん、戸という戸、小引き出しの類まで開け放つという。

「だからといって耳をふさいでしまいたいとか、あのころの生活を忘れてしまいたいとかではないよ。でもねえ、せめて私が来られるうちは、新鮮な空気を吸わせてやりたいのだよ」

風通しを良くしなければ、家は傷んでしまうから、当然といえば当然だが、朽ちていく家と自分の行く末とが重なったのか、叔母は唐突にいう。

「わたしの最期は人に迷惑をかけたくないねえ。すうっと逝きたいねえ」

私は、考えすぎ、飛躍しすぎ、とはいわなかった。

「そうできたらいいけどね。でも、なかなかそんなわけにはいかないんじゃないの」

叔母はわかってはいるけれど、いってみただけ、というように素直なうなずきを返した。

「叔母さんになにかあったら頼むな、って父さんにいわれていたし、できることはさせてもらうつもりだよ」

一昨年に父は心筋梗塞を起こし、あっけなく逝ってしまった。若いころ実家を叔母にゆずり、婿養子に入った父は、独り身をとおす妹を心配していたのだろう。結婚を機に実家近くに新居を建て、叔母と親しく行き来するようになった私に妹のこれからを託していた。

叔母は意外そうな顔をする。

「あらっ、兄貴はそんなことをいってたの。初耳だねえ」

まんざらでもない顔をしたが、私に視線を戻し、

「でも困るよねえ、そんなことといわれても。家庭があるし、お母さんだってみえるものねえ」

「母さんは姉夫婦と暮らしているし、息子はあちらで働き始めてしまったから、もう帰ってこないでしょう。これからも夫婦二人だけの生活にかわりないから、なんとでもなるよ」

叔母は聞いているのか、いないのか、運ばれてきたカップを引き寄せ、デコレーションされた細く尖った生クリームの先端を、スプーンで一さじすくう。結構、真面目な話をしているはずなのに、おいしそうに口に運ぶ。繰り返し運ぶ。私は苦笑いしながらその口元を見て

いたら、電話口で心配そうに話す、姉の声がよみがえってきた。

「近ごろ、母さんの様子がおかしくって」

「どうかしたの」

「物がなくなるっていうの。たとえば、封筒。それがただの封筒ではないから困るの。銀行からおろしたばかりで、まとまった現金が入っていた、って。八十万よ。いったいなにに使うつもりだったのかしら。まあ、そんなことはどうでもいいけど」

私は即座に返す。

「よくないよ。高齢者が詐欺にあう事件が多いでしょう。巧妙化しているし」

「そうだけど、振り込みをしたとか、人に渡した様子はないの。引きだした記帳は残っているから、持ち帰ったことは間違いないみたい。どこかへ忘れてきたのか。それとも用心して人にわかりにくいところにしまい込んだのかしら。それで、結局、自分もわからなくなるのよ。ついこの間も地下鉄やバスの優待証がなくなったって。診察券は毎度のこと。保険証も再発行してもらったばかり。おかしい。たしかここに入れたはずなのに、ってぶつぶついいながら、何度もバッグのなかを弄《まさぐ》って入れたりだしたりするの。さすが私も我慢できなくなって、そこはさっき見たでしょ、っていうと、腑に落ちない顔をして、しかたがなさそうにいったんは止めるのよ。でもまた繰り返している」

姉は一気に吐きだすと、音が拾えない程度の小さな溜息をつき、

「認知症を発症しかけているのかも」

「他におかしなことは」

「まあ普通に生活しているわ。ただ母さんの部屋にはやたらメモが多くなったけど。やっかいなのはそのメモが、いつの間にかなくなるって。でもゴミ箱のなかや、布団の下から出てきたりするのよ」

「忘れっぽくなったこと、本人は自覚できているの」

「わかっているみたい。頭、おかしい、っていうから」

「それなら早く専門医にみせた方がいいね。なくなる、が、盗まれたにかわると困るもの。こういう場合、加害者にされるのは一番身近で世話をしている人になりやすいらしいから」

「嫌がらないかしら」

「あり得ないこともないね。私からも話してみようか。二人で説得すればいいから」

姉はいった。

「そうなったときには頼むね」と。

テーブルを挟んだ斜め向かい側にすわる叔母は、金属と陶器の擦れ合う澄んだ音をたて、

ソーサーにスプーンを置いた。生クリームはほとんど舐めつくされている。そしていつも通りの手順で、次にココアを口に含むと、白い小皿にのったアーモンド入りの小袋に手を伸ばす。

私は繰り返す。

「できることはさせてもらうからね」

叔母は封を開けながら答えた。

「ありがとうねえ。年をとると口の締まりが悪くなるねえ。体中の穴という穴も緩んでくるのかねえ。あっ、これとはちょっと違うか」

茶目っ気たっぷりに首をすくめ、ふふふっと笑い、アーモンドを口に入れると、カリッガリッと音をたてた。叔母は入れ歯や虫歯が一本もない。自慢の歯なのだ。

「この噛み具合とこの音、いいねえ」

といい、また一粒入れると、私から視線を大きく外し、さりげなくいい切った。

「でもねえ、わたしに何事かあっても、ほうっておいてくれたらいいよ」

このときの叔母の横顔には何人であろうと、人を寄せ付けない覚悟めいた強さを秘めているのが見えた。目のまえにいる私の存在などないに等しい。

叔母はまた、カリ、カリッと音をたてる。

あの日の夜、私は友人との長電話を切った直後になった着信音に腰が浮き上がった。発信者表示には叔母が入居する老人ホーム名。身元保証人である私への連絡は昼中の電話か、文書のはず。嫌な予感がする。

施設の女性職員は、私が叔母の身元保証人であることを確かめた。

「浴槽で気を失いましてね。いま救急車で病院に向かっています。男性職員が付き添っていますが」

久し振りに交わした友人との華やいだお喋りの余韻が消し飛んだ。

「脱衣室にいた人からの緊急ブザーで連絡をうけ、私が駆け付けましたが、そのときには水面に静かに浮かび上がった状態でした」

ホームでは危険回避のため、一人の入浴は許されていないとのこと。

叔母が突然倒れたのは、これが初めてではなかった。が、救出後も意識がないというのは、いままでとは様子が違う。

一度目は四十代半ばのころ。庭でツツジの枝葉を剪定《せんてい》中に起きたという。覚醒までにどれほどの時間が経っていたのか、本人は覚えていないが、意識が戻り、自力で起き上がることができたという。二度目は六、七年まえになる。一緒に暮らしていた両親を看取ったあと、保養をかねた温泉地の露天風呂内で倒れ、三度目は一昨年のこと。自室のトイレ内で起きた。食事時間になってもテーブルに着かなかったため、部屋をのぞいたホームの女性職員に発見された。

いずれの場合も救急車の世話になっているが、意識は短い時間で戻っている。搬送先の病院で精密検査をうけたが、三度とも異常は見つからず、一過性のものと診断された。最初の比較的若いときとは違い、二度、三度目は加齢からくるリスクめいたものがあったのではとの危惧はあったが、それほどの深刻さを周囲も本人も感じてはいなかった。念を押す。

「いまも気を失ったままなのですね」

病院に到着した私と夫は、救急車に同乗した男性職員から発見時の様子を訊く。

「脱衣室で衣類を脱いだまま椅子ではなく、裸のままじかに床にすわってみえたとか。不審に思った同浴者が声をかけてみたが、大丈夫と答え、立ち上がって浴室に入っていかれたようです。そのあと、その人は気になったのでしょう。衣服を整えてから浴室のドアを開けてみると、浴槽で手足をバタつかせていたと」

最初に連絡を受けた女性職員からは、動きはなく浮かんだ状態だったと聞いている。それなら何故、発見直後に助け上げられなかったのか、の疑問に答えるように男性職員は続けた。

「高齢の方ですから、自分ではどうしようもなかったのでは」

八十歳を超えているというから、無理はない。

照明を控えた待合室の薄暗さに呑まれるかのように、気持ちが沈みこんでいく。男性職員、私と夫の三人が木製の椅子に並んですわり、重い空気のなかに身を置くこと小一時間。

応急処置を終えた当直医が、奥手の廊下から現れた。椅子から立ち上がった私たちをまえに、当直医はうしろを振り返り、ご家族の方だね、と看護師に確かめた。

当直医はいう。

「溺死をまぬがれた状態だと考えてください」

私は反復する。

「溺死……」

「そうです。入浴中に意識を失い、亡くなる方も珍しくありませんから」

はあ、と答えるのが精いっぱいだ。

「浴槽内に沈んでいた時間があったのか、なかったのか。仮にあったとしたらどの程度の時間が経っていたのかわかりません。ただ吐いた水の量は多くはありませんでしたので、多量に飲んではいない可能性はあります。ですが、助かったとしても、脳に酸素が行き渡っていない時間があったはずです。いえ、ありましたから、元の体に戻ることは非常に難しいです」

当直医は私の目を見てきっぱりというと、看護師からカルテを受け取った。

「老人ホームに入ってみえるのですね」

ええ、と答える。

「高齢ですから、若い人とは回復力も違います。寝たきりになることも覚悟しておいてください」

自立を必要とするあのホームに戻れない可能性が高いということか。

「湯船のなかというのが、脳へのダメージを大きくしてしまったのです。体が温まるので血流が良くなりますから、これが脳にとって悪い影響を及ぼします。むしろ冷えた部屋とか雪山の方が、脳へのダメージは少なくてすむのですが」

血流が良くなれば、体に良い影響があるのではと考えそうだが、脳にとっては逆に作用してしまうということなのか。当直医は斜め前方の部屋を指した。

「検査結果が出ていますので、あちらの診察室でお話ししましょう」

施設の男性職員が帰ったあと、当直医から告げられた病名は「低酸素脳症」。呼吸確保のため人工呼吸と脳の休息を与える全身麻酔に加え、そのダメージを最小限に抑えるため、低体温療法を施しているという。

その治療の具体的な方法や効果を知らないばかりか、いま起きている目のまえのことが現実として受け止められない。私は、はあ、と曖昧に答えるしかない。

当直医は訊く。

「病室に移られています。いかれますか」

私は答える。

「もちろんです」

移動途中に救急外来の受付窓口で、電話応対する男性の声が聞こえてきた。

「重病者が搬送されていますので、診察を待っていただかなくてはなりませんが」

闇が深まる夜の病室で、その一角だけが熱を帯び、人影が忙《せわ》しなく動く。クーラーの温度調節や計器、チューブから垂れ下がった点滴液の流れ具合をチェックする手。両脇、太ももの付け根や首まわりに当てた保冷剤の位置をかえ、交換のため床をふむ音。それらの日常的に起きる動作音は呼吸器のグワッ、ゴワワッという人工音に、いとも簡単にかき消され、吸い込まれていく。

それらの動きの妨げにならないように全身を壁に張り付かせ、息を潜め、ただ黙って傍観するしかない私と夫。つい数時間まえには携帯電話の登録番号を押せば、叔母の聞きなれた声が返ってくるはずだった。手を伸ばせば肌に触れ、息遣いさえも感じられた人が、命を救うという大義のもと、他人の範ちゅうに置かれる。

この手で触れ、声をかけることすら許されない空気感のなかで、私は当たり前のように過ごし、積み上げてきた二人の関係が一瞬のうちに壊れていくかのような錯覚を味わっていた。

叔母が搬送された翌朝、いったん家へ戻った夫から連絡を受けた姉が、夕方近くに母を連れて病院を訪れた。夫からおおよその病状説明は受けているはず。だが二人は医療機器に囲まれ、自力呼吸のできなくなったその姿に衝撃をうけている。

無理もない。それでも姉は気丈に看護師に挨拶をすませると、傍らにいた私に声をかけた。

「大変だったね」

母は両足を開き気味に、口に手を当てたまま立ち尽くす。ことがことだけに、二人に気休め的な薄っぺらなことはいえない。ストレートに話す。母は私の口元から、薄い生地の寝巻に覆われた姿の叔母に視線を移すと、

「寒そうだよ。風邪ひかないかね」

私がいう。

「いまは脳を守ることを優先しなくてはね」

「そうだったね。そうなんだね」

母は納得したように一度はうなずいたが、羽織っていたカーディガンの袖口に手を当てる。

「でも肺炎になると困るよ」

今度は姉が諭すようにいう。

「こうするのが一番なのよ。命を助けることが大事でしょう。そのためには体を冷やさなくてはいけないのよ」

母は困惑した表情でカーディガンに手をかけ、気持ちの置きどころをさがすように姉の顔を見上げた。

帰り際、母と姉をエレベーターのまえまで送る。

二人は口を揃えて、亡くなった父と同じことをいう。

「叔母さんを頼むね」

叔母に気遣いを忘れない母に安堵しながらも、私は胸に手を置き、軽く頭を下げ、姉に返す。

「母さんを頼むね」と。


ベッドの柵を枕代わりに眠ってしまった私に、遅い昼食をとりに階下の院内食堂に出かけた夫が、温かいコーヒーとチョコレートを差し入れた。私は廊下を挟んだ真向かい側にある休憩室で、一息つくことにする。

コンパクト型の二、三人掛けの長椅子に、一人掛けの椅子が二脚。私はそのうちの一脚にすわる。斜め向かい側には公衆電話とテレホンカードの自販機が設置してある。

受話器を手にした女が私の気配を感じてか、声を潜めた。

「そんなこといっても、どうしようもないからさあ。ここは三ヵ月しかいられないのだよ。あと一ヵ月しかないから、別のところを早くさがしておかないと」

広い場所ではない。会話が丸聞こえ。そうなのだ。ここは救急病院。いつまでもいられるところではない。だがいまの叔母は、三ヵ月はおろか明日の命すら危うい。私は先のある命を看るその女に羨望に似た気持ちを抱きながら、肉付きの良いお尻と丸まった背中を見ていた。

部屋に戻ると、搬送された翌朝に決まった担当医から、呼びだしがかかっていた。ナースステーション隣にある小部屋のドアを開けると、ドクターは立ち上がり、丸椅子を部屋のすみに移し、すわり心地の良さそうな革張りの椅子を私と夫にすすめた。

四十代前半くらいか。小柄な体格だが、大男を連想させる、のっしりとした身のこなしと重石のように安定感のある上半身は、まるで達観した僧の風格がある。

「これから起こり得る最悪の事態も想定して、お話をします」

人差し指で頭部CT画像のある一ヵ所を指した。緊張が走る。

「二本並んで通っている大動脈がありますが、そのうちの一本が梗塞を起こしています」

血管には蛇が痛めつけられ、苦悶しているかのような黒い塊の陰影がべったりと張り付いていた。

「これは以前から起きていたものでしょうから、いますぐどうのこうのというわけではありません。ですが、もし残っている片方に梗塞ができると、さらに命の危険が増すことになります」

このくらいのことは私でも理解できそうだ。緊張が少しだけゆるむ。

夫が訊く。

「では、今回原因となったものは」

「血圧だと考えられます。なんらかの原因で血圧が上がり、急激に下がったりした場合、一時的に意識を失うことは起こり得ます。過去の例も同じ状態が起きたという可能性は充分あります」

既往症があることは私の知り得る範囲で看護師に伝えてあった。ドクターは私たち二人を交互に見る。

「いまは呼吸器を装着しているので、生命は確保できていますが、危険な状態が続いています。今後、何事か起こった場合、どうするのか伺っておきたいのですが」

夫は少しの間を置き、

「と、いいますと」

「たとえば、心臓マッサージなどの延命治療を望むのか、そうでないのか」

これが私たちを呼びだしたもっとも重要な用件だったのか。

私は目を閉じる。

思慮しなくても気持ちは、ほぼ決まっていた。暗闇のなかに心を置き、叔母の、ふふっ、ふふふっの笑い声、あるいはすまし顔、茶目っ気なしぐさ。すべてを閉じ込める。

「日ごろから叔母は人に迷惑をかけず、逝きたいと願っていました。独り身なので、よけいなのでしょう。できることなら叔母の望み通りに。これ以上、叔母の体に負担をかけたくありません」

呼吸器を外してあげて欲しい、と喉元まで出かかったが、飲み込む。

「ただ、そのときが近付いてきたら苦しみ、痛みは最大限取り除いてあげてください。もちろんいまも。それだけを望みます」

夫がうなずきを二度繰り返す。

ドクターは頭を深く下げた。

テーブルを挟んだ一人と二人の間に微妙な間。ゆったりとした動作でドクターは傍らに置いてあった用紙を表に返す。見出しには、『重症時緊急治療承諾書』と記されていた。

この日、外来窓口の事務室から健康保険証の提示をもとめられた。叔母は着のみ着のままの状態で救急搬送されている。ティッシュ一枚ない。当然、部屋は放置されたままのはず。一度、部屋の様子を見ておく必要はあった。

夫が病室に残り、私が施設に出向くことにする。

ホームには入所直後の保証人会に参加したが、それ以来だ。ルートに自信はない。カーナビの指示通りに車を走らせた。

三十分後、案外簡単にホームの看板に行き着いた。正門をくぐり抜けると長い坂道に差しかかる。

保証人会が終わったあと、昼食を一緒にと誘ってくれた叔母が助手席で、ぼやいていたことを思いだす。

「手荷物が多いと、この坂道はちょっとばかりきついんだよねえ。だからねえ、重いものやかさ張るものを買い物したときは宅配してもらうの。そのうちにタクシーを呼んで買い物ということになるわねえ。病院に行くのも同じよねえ。ちょっとしたセレブ気分かねえ」

なにをいっているのだか。

「なにが欲しいか知らせてくれたら届けるよ」

叔母は返した。

「ありがとねえ」

だがこれまでに頼まれたことは一度としてない。

施設一階にある正面玄関ドアを開けると、事務所内で机に向かっていた女性職員が走り寄ってきた。搬送直後に電話をくれた人らしい。

用件は伝えてあった。女性職員が訊く。

「部屋にいくまえに、少し時間はありますか」

事故のあった浴室に案内するという。私はここで初めて入浴中に意識不明になったことが、事故扱いになっていることを知る。

「ここに休んでおられたのです」

六畳程度の脱衣場には、竹製の長椅子が置いてある。叔母はこれにはすわらず、裸体のまま床に足を投げだしていたのか。

洗い場は四、五人がゆったり使えるスペースがある。清潔に磨かれた浴槽には透き通るようなお湯がたっぷり張ってあった。

私はここに浮かんでいた叔母の状態を想像する。意識が徐々に遠ざかるなか、跳ね上がる湯音を聞きながら、浴底に沈んでいく。やがて再び浮かび上がったときには、全身の力は抜け切り、温かなお湯に身を委ねるように、穏やかな表情をしていたのではないかと。

この間、数分。女性職員の声に促され、浴室を出る。事務所に戻り、事故の経過説明が記録された書類に目を通したあと、叔母の部屋に一人で向かう。以前からスペアキーは預かっていた。

ドアを開けると、閉め切った室内から湿り気のある生活臭が鼻先を刺激した。それは台所やトイレの排気孔から、または冷蔵庫の上に置いたままの黒ずみかけたバナナや、瑞々しさを残したリンゴ。小箱に詰められた封書の束からはインクと紙の臭いか。ベッドに近付くと、枕や捲られたままの布団から叔母の体臭がかすかに漂う。

そのなかに紛れ込むように線香のかおり。ガラス張りの本棚からか。わずかに開いた引き戸。そこには葉先が枯れかけた白い小花が飾られ、水と和菓子が供えてある。中央には遺影。焼香台横の小箱には、束ねた線香が裸のまま置いてあった。私は祖父母の遺影に合掌する。

果たしてなにを祈ったのか。なにを祈ろうとしたのか。いやなにも祈っていなかった。合わせた手を解く。と、何気なく頭を傾げたその先に置かれていた、神札らしきものが目に飛び込んできた。

それは人目を避けるように棚の側面に沿って立てかけてあった。表書きに毛筆で「水子供養」と書かれてある。

私は見てはいけないものを見てしまった気がして、反射的に顔を背けていた。が、一瞬の間があったものの視線を元に戻したときには、私は少なくともこの四文字が意味する叔母の人生の一端を垣間見た面持ちになっていた。

家族を持たなかった叔母。親が見合いをすすめても、頑として受け付けなかったという。そこにどんな事情があったのか、なかったのか、これからも知ることもないだろう。

私はこの事実を胸に畳み込み、再び合掌する。


ホームから病室に帰った私にドクターは告げた。

「低体温療法は今日で終わり、麻酔の方は明日の朝から止めてみます」

命の危機は遠のいたということか。

「いえ、そうではありません。長くこの方法を続けると合併症を引き起こす恐れがあります。すでに肺炎を起こしていますので」

私は訊く。

「呼吸器はこのままですか」と。

「こちらはもうしばらく続けます。夜になると、日中よりさらに自力呼吸が弱くなって、止まってしまいますから」

医療機器の赤やオレンジの数表示が小刻みに揺れる。それを無表情で眺め、私はベッドの後方に移る。ドクターと向かい合い、自分でも驚くほどの沈着さで、先日、ナースステーション隣の小部屋で飲み込んだ言葉を吐きだす。

「呼吸器を外すことはできませんか」

ドクターは顔を上げたが、表情はかえない。

「仮に助かったとしても脳へのダメージは避けられない。寝たきりになる可能性が高く、そんな状態で生きていても、本人にとって、どうなのでしょう。高齢になってからこうした状態で倒れた場合、たとえ命は助かっても、あとの治療の辛さ苦しみがいかに大変か、想像することは難しくありません」

決して楽な最期を迎えたとはいえない祖父母の姿が目に浮かぶ。

「社会復帰も絶望的、人の手を借りなければ生きていけないことは、苦痛でしかないのでは」

と続ける私に、ドクターは静かな口調で返した。

「いまの段階でいったん装着した呼吸器を外す行為は、いくつかの難しい問題があります」

過去に医師の施した安楽死にみちびく医療行為が、大きな社会問題になった報道が脳裏をよぎる。こんな繊細で重大な問題を口にする私を、ドクターは冷静に見つめている。

どんよりした空気が病室内をおおう。

果たしていくつかの難しい問題とは、一体なんなのか。説明を求めれば受けてくれるだろうが、深刻な心の準備もなく迎えたこうした事態に、私はこれ以上深く立ち入ることへの躊躇があった。

「では、延命をしないというあの承諾書は、呼吸器の力を借りても心肺の機能が回復しなかったときのことを指すのですね」

わかりきったことを訊くことで、私はやりきれない気持ちを紛らわしていたのか。

叔母の意思に添えない心苦しさもあった。

これが実母の場合だったらどうだろうかと自問してみる。そのときの様態にもよるが、仮に母が叔母と同じ願いを持ち、意思ならば娘としてその意に添うようにしてあげたいと考えるに違いない。私は叔母と母の二人に対して、同じ気持ちで対峙《たいじ》していることに安堵する。

反面、私はドクターの対応に心のどこかでほっとしていたところもあった。ではそうしましょう、と私の願いを受け入れ、死を選択していたら、後々、叔母の寿命を私が決めてしまったということで、苦しみや悔いに襲われるだろう。

ドクターはいう。

「人工呼吸器もあまり長く続けることは良くはありません。自発呼吸の様子を見ながら、近いうちに止める方向で試みてみます」

叔母の顔を見る。血色を失った唇には太い管が挿入されたまま。麻酔で眠らされた体は、ベッドに張り付くように横たわっている。ロボットの喘ぎ声が途切れることはない。

いま交わした会話は聞こえるはずもない。だが、それがなにを意味するのか、単なる生理現象なのか。搬送後、初めて見せた叔母の反応らしき反応に、私は気付く。

固く閉ざされた上と下のまぶたのほんのわずかなすき間に、涙というにはあまりにも弱々しく頼りなげな一筋の細い線が引かれていることを。

漂う人

今夜の私は枕を抱く。胸に密着できるものがあるということ。それは必ずしも人肌でなくても良いらしい。胸のへこみに枕をあて、両肘を軽く曲げ、両足も肘とほぼ同じ角度にする。この姿勢を取ると私が枕を抱き込んでいるはずなのに、逆に枕に包み込まれているような安堵感があった。

手のひらを開き、小さな円を描いてみる。まるで男と女の交わりのあとの潤った肌に触れるように、優しく、滑らかに。

目を閉じると、叔母の姿が鮮明に浮かび上がってきた。それは病院のベッドに両手首と、右足を紐で繋がれ、なんとかならないかねえ、といった体の自由を奪われた不満を訴える目ではない。叔母お得意のポーズ。うっすら開いた唇から洩れる、ふふっの笑い声と一重まぶたを細めた目。

私はあえてそうした表情を思い浮かべることで、ふつふつと湧き上がってくるやるせない気持ちを鎮めようとしているのかもしれない。

午後十一時三十五分。夫はすでに眠ってしまったのか、二階からは物音一つしない。一人息子の正毅が巣立ったあと、夫は空いたその部屋と夫婦の寝室を使い、私は一階の和室を寝室にして、台所と居間が主な居場所になっているが、不満はない。

私は気付く。枕の生地から指先に伝わるこの感触は、大型ショッピングセンターの寝具売り場に並べてあった枕に似ていると。あのときの私は陳列棚に置いてあるピンク色の枕らしき商品に目を奪われていた。

首と腰の辺りのくびれた曲線。細面の顔らしき輪郭は、均整のとれた女体を想像させた。別売りの替えカバーの図柄には、それを強調するかのように豊かな乳房となまめかしい姿態の女性が描かれている。

そのころの私は抱き枕なるものを知らなかった。枕は頭を置くために使うものと思い込んでいる。抱かせることを目的として商品化する。果たして売れるのだろうか。どんな人たちが、なんのために買っていくのか。若いのか、中年か、それとも案外高齢者にも人気があったりして、と興味が膨らみ、その発想のユニークさに、つい、にやりとしてしまった。

背に人の気配がした。振り向くと離れたブースで衣料品を選んでいたはずの叔母の顔が目のまえにあった。

「いいものあったの」

私は抱き枕を指す。

「ほらっ、こんなものが」

「ああ、知っているよ。テレビで観たことあるから。そうだねえ、もう半年くらいまえになるかねえ」

叔母はテレビショッピングが好きなのだそうだ。店には見かけないユニークな商品があるから、おもしろいのだという。

「これは男向きの商品なのかねえ。こんな替えカバーがあるということは」

ひとり言なのか、訊いているのか。

「でもねえ、男が欲しいと思っても、手がだしにくいかもねえ」

「いまどき、そんなことはないいんじゃない。奥に格子柄や水玉模様も揃えてあるし」

叔母は、あらっ、そうなの、というと、左右の指を胸のまえで深く組み込ませ、いたずらっ子のように目を輝かせた。私は少しだけ身構える。

「たとえばだけどねえ、温泉にいくと、今日はこちらが女湯、明日はあちらと男湯と交代するところがあるでしょう。あんなふうに売り場も女と男の仕切りを作って、決められた日には異性を入れないようにしたらどうかしら」

叔母は独身を通し、定年まで営業畑を歩いてきた人だ。大学時代に恋愛をして卒業すると

同時に結婚をした私とは、社会経験のキャリアが違う。いちもく置いてはいるが、

「男性も女性も使える商品ってなによ。温泉マーク付きの暖簾も下げたりして」

からかうと、

「急にいわれてもねえ。思いつきだから」

そんなことは、いわれなくてもわかっている。叔母の目が輝くときには、なんらかの発想が浮かんだ瞬間であることを。

「気楽にどちらにも出入りできたら、いいかなって。これは男が使うものという固定観念が吹っ飛ぶかもしれないじゃない。私なんか男の売り場なんて、いまだに気恥ずかしくて入れないもの」

このころの叔母の年齢は古希を超えていたはず。

「こうみえても純情なところ、残ってるんだから」

両肩を持ち上げ、ふふっ、と笑う。

「それにねえ。男物の下着を妻ならともかく、結婚まえの娘が用意しなくてはいけない場合もあるし、その逆もあるだろうから」

叔母は両親と同居して、二人の最期を看取っている。父親の下着を準備したこともあるはず。売り場に足を踏み入れる羞恥心を理解できるのだろう。

「でもねえ、それよりも人の目を気にしなくても、老若男女とかの区別なく誰もが気楽に入っていける売り場作りが先かねえ」

いまでは若い女性に男物のTシャツが、結構人気があるとも聞いている。デザイン性とかざっくり着こなせる解放感とか、本来なら男が身につけるものを、女の肌に添わせることで、健康的な性を享受する快感があるのか。

叔母は抱き枕に視線を戻し、口元を縮め、茶目っ気たっぷりにいう。

「わたしも欲しくなるねえ。いくつになっても独り寝は寂しいもんだよ」

「うちなんて随分まえから一人よ。もうこの歳になれば、たいていの夫婦はそんなものよ。自慢していうことではないけど」

叔母に対して、結婚していることへの優越感めいたものがあったわけではない。変に誤解されても困る。控えめにいう。そんな気持ちを知ってか、知らずにか、叔母は先ほどより肩を上げ、

「あらっ、そうなんだ」

と軽く返し、

「夜になると寂しくなる日もあるんだよねえ。門灯から部屋という部屋、すべての明かりを点けて、誰かの帰りを待っている気持ちになりたくて。でもねえ、やっぱり同じ。テレビを

つけて人の気配を作ったとしても、なんの役にも立たないわねえ。虚しくなるばかり。いまさらでもないけれど」

私にも独り暮らしの経験はあった。夫の単身赴任の時期と、息子の県外への大学進学とが重なった。もっとも息子はその地で就職をして、いまも帰る気配はない。

私がいう。

「気持ちわかるけど、三年ちょっとだったかしら。普段はいない方が快適だけど、なにかあると心細かったりしたもの」

叔母が訊く。

「なにかって」と。

「深夜に家の外で物音がしたり、台風とか地震のときかしら」

「気持ち、わかるけど」

私の口まねをしていうと、

「母親の胎内にいたとき、胎児はうずくまっていたでしょう。そのせいかしらねえ。人は抱きしめているような恰好が、一番心が落ち着くと聞いたことがあるわ。わたしも寂しさを感じて眠れないとき、気が付くと掛布団の端をつまんで、そんな恰好をしているときがあるもの」

「それで眠れるの」

「まあねえ」

「眠れないこと、ときどきあるの」

「たまにはねえ」

叔母は小首を傾げて、お決まりの、ふふっ、ではなく、ふうっ、と息を吐きだした。

相変わらず二階は静まり返っている。それにしても、いまの私はいったいなにを抱いているというのか。ショッピングセンターの抱き枕とは違い、くびれもなく、人肌の感触とはほど遠い、普段使いの枕を胸から離さない。それは不意打ちをくらったかのように起きた、叔母のいまの状態を受け止められない戸惑い、そしてこれから起こり得るだろう予測の付かない不安。あるいは父が元気だったころに、叔母のこれからを託されたものの、その心構えがまったくできていなかったことへのうろたえを、多少なりとも落ち着かせたいのか。

胸の鼓動が五指に伝わってくる。心筋から心膜をゆったりと通り抜け、もっとも敏感な指先を刺激する感覚。不快ではなかった。むしろその穏やかさが心地よく、手のひらの動きが鈍くなっていく。

耳元でつぶやく叔母の声がする。

《どうやら人工呼吸器のおかげで、助かってしまったようだねえ。あのまま、すっと逝ける

と思ったけど、そうは上手くいかないもんだ。しかたがないねえ》

叔母は入浴中に意識を失い、病院へ救急搬送されたが、すぐさま人工呼吸器を装着され、五日後には自発呼吸が戻っていた。

いまは煩雑に出る痰を取り除くため、口からチューブを差し込まれている。呼吸器から発するグワッ、ゴワワッとロボットの喘ぎ声に似た音は、壁に張り付いた粘着物を強引に剝がし取るような、ゴリッ、ガジュジュの音に変化した。

ほおの筋肉は無反応。微動だにしない。固く閉じ切ったまぶただけが、その都度、吸引音に反応して、震え、歪んだ。その苦痛を多少なりとも和らげるための気管切開手術を医師から勧められたのは、自発呼吸が戻ってから、およそ一週間後のこと。呼吸器を外して十二日目。

喉元に穴を開け、そこから直接チューブを差し込む。口から通すより短くなるため、患者の負担が軽くなるためだ。病室から手術室に移動する必要はなかった。ベッドの上で施術できる比較的簡単な部類に入るものらしく、短時間で終わったが、穴を開けた切開場所からわずかに空気が洩れる。そのせいで叔母は上手く発声ができないはず。それなのに枕を抱く私の耳元に聞こえてきた声は普段とかわりなく、発語もしっかりとしている。自然な語り口で話しかけ、そのあとには、ふふっ、と自嘲めいた笑いを殺したような息遣い。

《ただねえ、この通り、手と足が縛られているから、うっとうしくて。でもねえ、しかたがないのよ。私の意思とは関係なく、体が勝手に動いてしまうの。どうも私は湯船のなかで倒れ込んだようだわ。いえね、話し声が聞こえてきたの。男の声だったから医師なのかしら。沈んでいた時間があったせいで、脳にダメージが起きているんだって。それを聞いて、そうだったのか。そのためなんだって、変に納得してねえ。だってベッドの柵のすき間に足を投げだしてしまうし、掛布団を蹴ったり、眠っている間にも点滴針を抜いたりするから。自分でも自分のしていることが説明できない。どうしようもないのよねえ。こうなったからには、もうしばらくは生きていく覚悟が必要になりそうだねえ》

いくらあっさりタイプの叔母でも割り切りが早すぎる。この声は叔母の心持ちに期待した私の願望めいたものが、幻聴として聞こえてきたのかもしれない。

私は左ほおを敷布団に添わせ、両腕で枕を深く抱え込む。

「人はなにかを抱きしめている恰好が、一番心が落ち着くと聞いたことがあるわ」

ショッピングセンターで交わした叔母の言葉に誘われ、私は生温かな羊水に包まれた胎児の姿勢に近付いていく。

背を丸め、得体の知れない漂流物を抱くかのように、指先に神経を集中させてみる。

父の口から叔母の話を聞いたのは、高校に入学して初めての夏休みだった。私はクラブ活動を早めに切り上げ、急ぎ足で家に帰ってきた。今日は父が休暇をとり、家にいることを知っていた。

父は製薬会社の研究職に就いている。出勤時間が早く、帰宅も遅い。朝食時も私たち姉妹が食べ始めるころには、別の部屋で慌ただしく出かける支度をしている。家族とゆっくり過ごせる時間は少ない。今夜は皆で久し振りに焼肉かすき焼きでテーブルを囲むのではと、ひそかに期待していた。が、母の姿が見当たらなかった。

父はエアコンの効いたリビングでソファーに腰を下ろし、冷茶を飲んでいる。

私はテニスラケットを壁に立てかけた。

「母さんは」

姉と一緒に叔母の家に出かけたという。

「そんなの、聞いてないよ」

「九時半過ぎだったかな。サキから有休が取れたから、皆で来ないかって電話があってな」

サキとは父の妹である叔母のこと。私はその一時間まえに家を出ていた。

「お盆も近いから、お墓参りも兼ねて二人でいくことにしたのだろう」

父方の実家のお墓は、一人娘の母と結婚するため父が家を出たのを機に、叔母がそのあとの世話をしている。

「父さんはいかなかったの」

「仕事を持ち帰っているからな。それに黙って出かけてしまったら、困るだろう」

私はうなずかなかった。

「いや、いいんだ。盆休みも取れるから、そのときにゆっくりな。それと買い物もしたかったようだ。あの二人に連れまわされるのは、たまらんからな」

父の本音は、案外たまらない方にあったのかもしれない。

二歳違いで別の高校に通う姉は、部員五名の文化系のクラブに所属している。あえて暇そうな長期の休みにも活動しないところに所属しているのは、東京の難関大学の進学を目指しているからだ。そのための学習塾にも通っている。今日は休みなのか。

私はというと成績優秀な姉とは違い、せいぜい中の上程度。無理なく入学できそうな地元の大学に進学するつもりだから、それほどの猛勉強はしなくても良さそうだ。

新入りの私たち一年生は、先輩たちの打ちこぼしたテニスボールを拾い集めるのが仕事。コートに入ってラリー練習ができるのは、ほんのわずかな時間しかない。今日はたまたま先輩たちの参加者が少なく、コート内でたっぷり練習ができた。動きまわって空腹感が強い。

冷蔵庫をあけ、牛乳をコップに注ぐと、一気に飲み干す。

父に声をかける。

「夕飯はどうするの」

「昨日の残りのカレーに枝豆がある」

母は枝豆を茹《ゆ》でていったのか。

私は空のコップを持ったまま、父の正面に移動する。

「お腹ペコペコ。帰りを待ってなきゃいけないの」

「先に食べても良いだろう。母さんたちはサキと済ませてくるかもな」

そうね、とはいったが、三人で美味しいものを食べてくるのではないかと思うと、おもしろいはずはない。父はそれを察したのか、

「急な話だから、しかたがないよ。その代わり、おまえの欲しがっていたペンシルケースを買ってくるっていってたな」

駅前の大型書店の文具コーナーに置いてあった、ミッキーマウスのイラスト付きのケースを指しているのか。その店の隣には「如月」とかいう和菓子屋がある。水羊羹が評判の店だから、手土産を買うついでに立ち寄るつもりなのか。

子供じゃあるまいし、もので人を釣るのかと、気のなさそうに、ふうん、と鼻先であしらうそぶりを見せてはいたものの、本音をいえば、私は父と二人だけで夕食ができるなら、ペンシルケースなどどうでも良くて、一家団欒《だんらん》っていうものがなくなっても構わなかった。す

き焼きがポークカレーに変わったとしても、牛肉を食べているのと変わらない味がするに決まっている。なんせ父と二人きりになるなんて、滅多にないのだから。

早速、カレーを焦がさないように丁寧に温める。冷蔵庫からタッパーに入った枝豆を取りだす。ラップをかけた小皿にはカニ缶のほぐし身がレタスと細切りにしたキュウリの上にちりばめられていた。昨夜はコーン缶だったから、母なりの気遣いなのだろう。

カレーの材料にする玉ねぎやジャガイモ、枝豆は隣のおばさんからもらったもの。おばさんは細身で身長も高くない。百五十センチそこそこだろうか。背恰好とか雰囲気がどこか叔母と似ていて、私は親近感を持っていた。

おばさんは趣味と実益を兼ねて、近所にある貸農園の一角を借りて、畑仕事に精をだす。健康自慢で、私が丈夫でいられるのは太陽と土のおかげよ、といい、それでも日焼けは気になるのか、首にタオルを巻き、長いひさしのある作業用の帽子をかぶると、さあ、いくわよ、と定年退職したばかりのおじさんを急き立てる。声をかけられたおじさんは迷惑そうな顔をしても、足取りは重くはなく、おばさんの後ろを小走りで追いかける。

おばさんは農薬を使わない。枝豆にも虫が付かないようにネットで覆ったりして手間をかける。それでも土とネットのすき間から、虫が紛れ込んでいることがあるから、両親や姉はさやからだした豆を手のひらにのせて、一粒一粒、虫がいるかいないかを確かめてから、口に入れる。

母は枝豆を茹でるときには、さやを丁寧に洗い、ミネラル分をたっぷり含んだ上質の塩をすり込む。私はそのさやが吸収したまろやかな塩味を味わうのが好きだ。まず茹で上がったさやを口に含んでみる。草の匂いと塩味が舌の粘膜を刺激して、唾液がじわりと染みだすと、そのタイミングを見計らい、さやを口からだす。それから押し出した豆面を見て、口にほうり込む。もちろん虫が付いていたら止めるに決まっている。

私のどうでもいいようなこだわりに、両親と姉はまったく関心がない。姉はさやの草臭さが嫌いで、ましてや虫がいたらと想像するだけでその気にならない、という。父も同じなのだろう。丸ごと口に入れるのを見たことがない。

だったら母はなんのために手間をかけて塩をすり込むのか。その訳を訊いてみようと思うが、つい忘れてしまう。ちなみに叔母さんも、たっぷりの塩を入れる。さやから染み出る海味と草木とが混じり合ったような、素朴で郷愁を感じさせる味が好きだといっていた。

まあ、塩味などはどうでも良い話だが、食事中は無駄話をしない父は、この日もそうだった。向かい合った二人っきりの夕食は、どことなく照れくささがあったのか、スプーンとフォークをときどき持ち替えては、うつむいて黙々と食べた。父親が相手なのに、この感情はないだろうと微苦笑しながらも、そのわりには大盛りカレーをおかわりするのはなんの躊躇もなかった。

おかわりといえば、小学校高学年のころのこと。おかわり自由のカレーメニューの日に、私は空になった皿を持ち、立ち上がることはなかった。気になる男の子と座席変えがあって離れてしまったとしても、教壇横に置いてあるカレーの大鍋までいくことはなかった。その姿を見られてしまったらと思うと、恥ずかしさの方が勝ち、食欲を抑えていたものだ。

初恋の人と父親では違って当たりまえ、と顔を崩すと、父が怪訝そうな顔をした。

「なにか、おかしいか」

私は、別に、と澄ましたが、少しばかり慌ててしまった。スプーンが皿に当たり、ガチャリと音を立てた。食事のマナーにはうるさい父だ。身に付けた品性とか教養が、食事の仕方でわかるというのが父の持論だ。反射的に父の様子を窺ったが、睨まれることはなく、小言もなかった。父も私と二人になったことで、機嫌が良いのか。まさか。

今夜の父はビールに手を付けようとしなかった。ビンの周りには水滴が付き、ガラスのコップは伏せたまま。もちろん栓も抜いてはいない。

いまさらだが訊く。

「飲まないの」

「風呂上がりにするよ」

父はタッパーに入った枝豆を三つ四つ手に取ると、蓋を閉めかけた。私が、あっと声をあげると、父はほんの少しの間を置いていった。

「ああ、欲しかったか。ごめん、ごめん」

蓋を閉める、閉めないごときで謝るなんて、いったいどういうこと。

少なくとも普段の父には、ごめん、はない。ああ、欲しかったか、で終わる。しかも連続して二度までも。

私は私流のやり方で食べ始める。さやの皮を一度口に含むので、余分に時間がかかる。そんな私を父は空になったカレー皿をまえにして、黙って見ていた。

父は頃合いを見計らっていたのか、口を開いた。

「コーヒーを淹れてくれるか」

私は湿った布巾で指先を拭く。

「インスタントで良いの」

母がいたらミルで豆を挽くことから始めるのだろうが、私は肝心の豆がどこに仕舞ってあるのか知らない。探すのも面倒だ。インスタントコーヒーの瓶は食器棚上段の目立つ場所に置いてある。

「いいよ。書斎に持ってきてくれるか」

私はお盆にコーヒーカップをのせ、書斎に運ぶ。父は休みが取れると、この部屋でクラシック音楽を流し、本を読み、ときには会社から持ち帰った仕事をする。今夜はプリントした資料を繰っていた。父は、ありがとう、とはいったが、活字から目を離さない。

机の上は雑誌が散乱していた。カップを置く場所がない。しかたがないので単行本や雑誌を書棚に戻す。

父が俯いたまま訊いた。

「時間、あるか」

明日の部活の準備はできていた。

「ちょっと待ってくれるか、話したいことがあるから」

父が私に話があるとは、珍しいこともあるものだと、縁側にすわって待つことにする。

書斎は玄関脇に位置するこぢんまりとした和室。庭に面しているので風通しは良い。庭は雑草が伸び放題だ。母はお盆までには草取りをしなくてはといっていたが、まだ手を付けてはいない。玄関先から西方向に縦長に延びる十数坪足らずの庭だが、草取りには結構手間がかかる。たまには私たち姉妹も手伝いはするが、母から声がかからない限り、自分から進んで手伝うことはない。

庭と縁側を仕切る網戸近くに、蚊取り線香が焚かれていた。ゆるりゆらりと風にのって、流されるまま姿形を変えながら立ちのぼっていく。渦巻き状の線香から吐きだされる煙は、まるでクラゲがゆったりと海中を遊泳しているかのようにしなやかに、またあるときには小魚の群れが、平べったい湾曲線を描き、海面を目指し一直線に浮き上がっていく様に似ている。

幼いころから煙を眺めているのが好きだった。いまでは大気を汚染するとかで、煙害についての議論が騒がしいようだが、晴れ渡った青空でも、曇り空の日でも、少々の雨風をものともせず、ましてや人間社会の喧騒には目もくれず、ひたすらに空に向かい立ちのぼっていく姿に無責任に見とれてしまう。

大晦日に近くの神社で行われるお焚き上げには、赤い炎に混じって神々しく天を目指すグレー色をした煙に、忘却と再生の心意気を。仏壇の線香には、楚々《そそ》とした白煙のなかで蠢《うごめ》く、ある種の神秘性に魅せられてしまう。それらは限られた時間のなかで燃え尽き、一切の未練などみじんも感じられない。もしかしたら私はその潔さが好きなのかもしれない。

父は相変わらず、活字から目を離さない。

後ろ姿に声をかけてみる。

「母さんたち、まだ帰ってきそうもないね。電話もないし」

「ゆっくりしてくるのだろう」

父は頭を心持ち上げて、肩先を私に向けたまま、カップを口元に持っていく。

「淹れなおしてこようか」

「いや、いい。このくらいが飲みやすい」

父は夏でも温かいコーヒーを好む。インスタントで、しかも中途半端に生温くては、美味しいはずがない。唇に触れただけでほとんど飲んではいない。

父は切りだした。

「実はな、サキのことだがな」

「んっ、サキ、叔母さんのこと」

「そうだ」

「んっ」

「驚かせるかもしれんがな」

といい、一呼吸置く。

「サキとは父親が違っていてな。サキは父さんのおかあさんが再婚してから生まれた子なんだ」

父が私の顔色を窺っている。

「それがどうかしたの」

私の反応が早すぎた。

「いや、それだけのことなんだがな」

私は答える。

「わかってた」

「誰かに訊いたのか」

「なんとなく、わかってた」

庭から網戸の細かな目をくぐり抜けた、ゆるめの風が漂ってきた。蚊取り線香の煙は、やや斜め右方向に流れ、障子やふすま、壁紙の繊維に染み込んでいく気配。

「たしか小学四、五年生のころだった。果物の皮を、リンゴだったかな。台所の生ごみ入れに捨てようか、庭木の根元に置こうか迷いながら、縁側を通り過ぎようとしていたときだったと思うけど、リビングから母さんの声が聞こえてきたの。おとうさん、長くわずらって亡くなったのね。あなたがたしか三歳のときだったかしら、って。私、なんのことだか、わからなくって、つい聞き耳を立ててしまったの」

父は顎を引き、神妙そうな表情にかわった。

「おとうさんって、私にとってはお爺ちゃんになるわけでしょ。おかしいな、って。だって、お爺ちゃんは、ついこの間も家に遊びに来ていたじゃない。テレビのお笑い番組をみて、あははっと笑っていたもの。でもね。父さんのおとうさんっていう人が、病気で亡くなったらしいということだけは理解したの。ということは、お爺ちゃんは父さんにとっては二度目のおとうさんだったのね」

父は深くうなずく。

「そうしたら父さんの声がしてね。おふくろは死んだおやじの話はあまりしなかったから。ただ、胸を悪くしたから、療養生活は長くなったんだろうって。それから、いまさら、なんだって、父さん、母さんに訊いていた」

「よく憶えているな。それで母さん、なんて」

「答えてないんじゃない。声が聞こえてこなかったから」

父は軽くうなずいた。叔母と父が異父兄妹であること。そんなことは私にとってはどうでも良い部類に入る些細な話だが、父の真顔を見ていると、一応深刻そうな態度をしなくてはいけない気がした。

「父さんのおかあさんが、えっと、私にとってはお婆ちゃんが再婚したあとに、お爺ちゃんとの間に、サキ叔母さんが生まれたってことになるんだね」

「そうだな。サキが生まれたときには、父さんは五歳だったな」

祖母は連れ合いを失ったあと、意外と早く再婚していたようだ。

「じゃ、父さんはおかあさんであるお婆ちゃんの連れ子ってこと」

父は連れ子という言葉に、眉と口角を少しばかり上げた。高校生にもなれば、それくらいの言葉を知っていても不思議ではない。

「ドラマとかで聞いたことあるし、本でも読んだことあるから。でも、それがどうしたというの」

「いや、知っているなら、それで良い」

穏やかな口調で返した父だが、ソーサーを戻したカップはガシャリと濁った音を立てた。

「サキと仲良くしてやってくれな」

またまた父はなにをいいだすのか。叔母さんは会社勤めをしているし、私も学校がある。会える回数は限られてはいるが、行き来をしているではないか。父は、

「サキとは相性が良いようだからな」

ともいった。

この日、母と姉の帰りは遅かった。門扉のチャイムが鳴ったのは、午後九時を過ぎていた。シャワーを済ませたばかりの私はパジャマ姿のまま、シャンプーしたての髪をタオルドライしながら、玄関先まで迎えに出た。

二人は駅から歩いてきたせいか、額や首から滲み出る汗を拭きながら、

「遅くなってしまったね。わるかった。わるかったね」

と声を合わせた。

「台所、片付けてあるから」

「あらっ、ありがとう。助かるわ。あっ、そうそう、ペンシルケースを買ってきたわよ。これで良かったかしら」

ミッキーマウスが口角を思いっきり上げて笑っている。

「よく売れずに残っていたね」

「ほんと、もうないかと思ったけど」

母からケースを受け取り、振り向くと、すでに姉の姿はない。私は髪を整え、二階に上がろうと、階段の一段目に片足を置きかけると、母の声が聞こえてきた。

「お盆休みには、あなたは一人でいきますか。その方がサキさんと二人でゆっくりできるでしょうし」

私は立ち止まる。父から叔母の話を聞かされたあとだけに、素通りできないなにかを感じ取っていた。

そのときなんとも悪いタイミングで、浴室から強いシャワー音がし始めた。姉は入浴するとき、ご丁寧に浴室ドアと、廊下側の洗面所ドアの二ヵ所を半開きにする癖がある。閉め切ってしまうと孤独を感じて、寂しいのだという。廊下側のドアを閉めにいきたかったが、「なにするのよ」と姉に怒鳴られそうだ。この邪魔な音はしばらく続くだろう。立ち続けるわけにもいかない。私はしかたがなく、のっそりと左足のつま先を二段目の真ん中辺りに置き、右足のつま先を三段目にかける。

今夜も私は枕を抱く。指先には普段とは違う、ざらつき感がある。枕は同じ。全身に睡眠不足に襲われたときに味わう、体中の細胞が毛羽立ち、必要以上の水分を体にため込んだような、やぼったい重量感。または枯渇しきった体に水分を求めたくなるような、気だるさがあった。

今朝方、夫が運転する車で病院に出かけ、帰宅するまでの何時間かの出来事が、指先の感覚を敏感に、逆に鈍感にさせているのか。そうでなければこのざらつき感の説明が付かない。

今日は叔母が入院してから三度目の日曜日。夫の運転する車で地下の駐車場に着いたのは、午後二時近く。部屋に入ると、まず私は両手首と右足に巻かれたマジックテープに手をかける。ジャ、ジャバリとテープを剝がす音がすると、叔母は目を見開き、前歯をのぞかせた。

両手首にはうっすらと赤みがかった痕跡が残る。叔母はおもむろに挙げた右手首を凝視する。やがて目線は左手首へ移る。

右手でその赤みに触れようとするが、震えの止まらない指先は、まるでオイルでも塗り付けてあるかのように、ツル、ツルリと中空に滑り落ちていく。

ついには諦め顔で見上げる叔母の目は、それでも解放された痕跡を労わるかのように、愛おしさに溢れ、そこから逸らすことはない。

私はこんなにも慈愛に満ちた目で、自らの肢体を見つめたことがあっただろうか。体の一部として存在するのは当たりまえ。他者から受ける拘束や自らの意思通りに動かない不自由さを想像したこともない。自由を奪われた者だけが知る、慈しみの目。

患者の身体的な拘束は法の下の規制はあるものの、家族の承諾があれば認められているという。医療を施す側とそれを受ける側、双方にその行為を行うことへのジレンマが起きたとしても、安全な治療をするためには、避けられない現実が、そこにはある。

叔母は良くないなりにも、体力が戻りつつあるのか、痰の量は減り始めている。今日は喉元に差し込まれていた管が外されていた。

叔母は顔見知りなった看護師、介護士はもちろん、初めて会うそれらの人たちに対しても、目が合うと、口を開き、笑顔を作った。奥歯が見えるほどに笑った。相手が笑いかけなくても、目が合うだけで笑った。それは倒れるまえに見せていた、どこか奥ゆかしさのある、ふふっ、の笑いではない。唇を左右に引き裂き、奥歯がのぞけるほどの大きな口を開けた。誰もがその表情に不自然さを感じつつも、つられて口元を緩めてしまうほどの力があった。

午後の回診にきた主治医にも、同じ笑いを見せた。主治医からは叔母の脳機能は幼児程度の能力しかないと伝えられている。頭皮にいくつかの電極を装着して電流を流し、画面上に幾本かの波線が示す脳波と、傷みかけたキュウリかトウガンを輪切りにしたような脳蓋内のＭＲＩが映した断面画像から診断した結果だ。

主治医はベッドから少し離れたところに立ち、得体の知れない生き物を観察するかのような目付きで、叔母を眺め、つぶやくようにいった。

「この笑顔は自分を守るためですね」

誰に向かって吐いた言葉なのか。医師として患者の心理を分析する習性から来たものなのか。思いもかけなかった主治医の声に、否定も肯定もできず、はあ、と答えるしかない。傍らに立つ女の看護師は表情を変えなかった。上司でもある医師に同調するわけでもなく、かといって否定するのでもないが、ただ単に医師の指示を待つ従順なしもべとも違う凛とした立ち居姿があり、私は救われたような面持ちになる。

次なる言葉を探す。

「表情筋が本人の意思以上に、強く働いてしまっているとは考えられませんか」

「まったくないとはいい切れませんが」

と主治医は答えた。

「自分が守れるということは、叔母には自分の立場がわかり、知恵をだす力があるというふうにも見えますが、どうでしょう」

夫が私の横顔を見ている。いい過ぎるなよ、とでもいいたげに。

問いかける私に、主治医は静かに返した。

「本能ということもありますから」

といい切る。

人は人とのコミュニケーションを図るため、作り笑いとか、お愛想笑いという術を持つ。果たして叔母のこの笑いは、短期間に自分の置かれた立場を理解し、人に媚びて生き抜くために、自然、または必然的に生まれてきたものだろうか。ただ私には叔母には主治医から知らされた能力以上の、幼児、いや少なくとも中学生程度の意思の疎通ができる能力はあるはずだと思えてならなかった。

「昨日も夫と軽口を叩いていたら、嬉しそうな顔をして笑っていましたから、結構、会話の内容を理解しているように見えますが」

しつこく食い下がる私に主治医は、顎を軽く上下させたものの、

「脳にダメージを受けていますからね」

バスタブに沈み、脳に酸素がまわらない時間がどれほどだったのか不明だが、告げられた病名は、「低酸素脳症」だった。

「いまの状態からいえることは、仮に声をだせたとしても、聞く側が言葉として理解するのは難しくなるでしょう」

寝たきりになるという重大な後遺症は、搬送時に診断した医師から聞かされていたが、失語する可能性があるということまで知らされていない。衝撃が走ったが、叔母は目の前にいる。

主治医と看護師が出ていったあと、私は夫に声を潜めていう。

「誰だって自分を守るよね」

「そうだよな」

叔母はなにも聞きはしない、聞かなかったといった面差しで、唇を固く閉じ、天井をぼんやりと眺めている。

「爪がちょっと伸びてきたね。爪切りを持ってきたから、切らせてね」

叔母は右の手のひらの指先をわずかに曲げ、ありがとう、とでもいっているかのように、まぶたを静かに落とした。

切り終えて一息ついていると、おむつ交換の時間になり、男の看護師に促されて、私と夫は部屋の外に出る。二十代後半か三十代前半か。整った顔立ち。身長もある足の長いイケメンだ。当然、あとから女の看護師が手当てに来るものと思い込んでいた。が、おむつと清拭の一式らしきものが並べられたワゴン車を引き、三〇二号室のなかに入っていったのは、さきほどのイケメン看護師。

夫と私は顔を見合わせる。あの人に交換をしてもらうのかと。

ドアを閉じた部屋のなかで、寝たきりの患者が受ける日に幾度も繰り返される儀式。その行為がまるで拷問に近い行為がなされているかのような気持ちに襲われ、私は壁に取り付けられた手すりを握りしめたまま、身動きできなくなる。

窓から見える向かい側の入院病棟に引かれたレースのカーテン。その内側でもなされている、非日常的ともいえる行為が、日常的に繰り返されているはず。

夫が口を開く。

「せめて同性の手でという気配りってものがないのか」

「顔が見えないように、気遣ってくれるといいのだけど。病院も足りない人数で動いているから、こんなことも起きるのかしら。それとも無頓着なのかな」

このとき私はいままで培ってきた叔母の生き様が失われていく瞬間に立ち会っている気がしてならなかった。父とその妹である叔母の兄妹は似たような趣味をもち、叔母も読書家で、クラシックコンサートにも出かけていった。現役中は責任あるポジションを任され、退職後はボランティア活動に力を注ぎ、ティッシュ入れなどの小物を手作りして養護施設を訪れていた。

晩年に入ってからは、子供を育てられなかった生き方を振り返り、少しでも社会の役に立ちたいと、献体登録を済ませていた。そんな叔母が自力で自らのことが始末できなくなったとき、あらゆる教養も知性も必要でなくなるのか。または人としての生き様と尊厳を自らのなかに押し込め、投げ捨てないと、生を保てなくなるものなのか、と。

肉体が生を欲する限り、精神とはかけはなれたところで、体を支配するあらゆる細胞の活動を遮ることはできない。仮に自死という選択をしたくても、それさえも不可能に陥ったとき、生は他者の範疇《はんちゅう》に取り込まれ、支配されるのを受容するしかないのか、とも。

しばらくすると男の看護師は汚れものの入ったビニール袋を下げ、窓際にいた私たちに、終わりましたので、と挨拶をした。その姿は、僕が担当をして申し訳ありません、とでもいわんばかりに、バツが悪そうな目をして、深く頭を下げた。

三〇二号室に戻ると叔母は、待っていてくれたのねとでもいうように、前歯を控えめに見せた。

私は指先のざらつき感を抱えたまま、今日一日の記憶を回想する数の分だけ、指先を上下に深く移動させる。

《あらっ、イケメンのおむつ交換なんて、わたしは平気よ。そんなのすぐに慣れてしまうわ。

こうなったら誰の世話になっても同じ。なにが聞こえてこようと大丈夫。面倒みてもらえるだけで有難く思わなくては。つまらないことで深刻にならないでねえ》
いつもの、ふふっ、の笑いこそなかったが、快活に話しかける叔母の声を聞く。
私は枕から体を離し、仰向けの姿勢をとる。ひとつ深呼吸をして、つまらないことはないでしょう、と苦笑いしながら、暗闇に沈む叔母の声に語りかけてみる。

父が心筋梗塞で亡くなったあと、姉は実家で母親と暮らしている。最近になって母が認知症を発症したため、姉は叔母の、私が母の様子をときおり訊ねあったりしていた。

電話口で私は答える。

「叔母さんは低レベルながら、落着き始めているわ。母さんはどう」

「物忘れは相変わらずだけど、あれから以前にも増して、ぼっとする時間が多くなったわ」

私が訊く。

「あれからって」

「叔母さんが治療を受けているのを見てからのような気がする」

叔母が倒れた翌日に、母は姉に連れられ病院を訪れていた。

「どんなふうに」

「気が抜けた顔して、ときどき妙なことを口走るのよ」

「なんて」

「叔母さんの話をすると、決まって父さんの名を呼ぶのよ。それからなにかをつぶやくのだけど、聞き取れないの。訊き直しても、いいの、いいのって、首をふるばかり」

私は姉の話を聞きながら、あの夏の日、叔母の家から帰った母が、父に向かい普段の母らしからぬ物言いをした日のことを思いだしていた。

「お盆休みには、あなた一人でいきますか。その方がサキさんと二人でゆっくりできるでしょうし」

それと父は私に、サキと仲よくしてやってくれ、とも。

父の真意を測れないまま受け流してきたが、それでも何事もなく歳月は過ぎてきた。

父が定年を迎えた翌日のことだった。久し振りに両親と姉妹の四人だけが集まり、実家近くに開店したばかりというレストランに食事に出かけた。姉と私とで、父へのささやかな感謝の気持ちを表したかったからだ。

帰り道、父はあの日と同じ真顔で私に、サキと仲よく、ではなく頼むな、といい換えた。

なぜ私なのか。三メートル先を歩く母や姉もいるではないか。

理由を訊くと父は答えた。

「サキが気に入っているからだよ」

「私は父さんに顔や性格が似ているせいなのかな」

女の子は父親に、男の子は母親に似ると幸せになると聞く。私は結婚をして、そこそこ幸せになってはいる。悪い気はしないが、それとこれとは話が別だ。

「余計なことだと迷惑がるだろうから、まだ話してはないけどな。いや話そうかどうか迷っている。ただな、一人ではどうしようもなくなったときに力を貸してやって欲しいんだ」

叔母には父がいるのにと内心思いながらも、女同士でなくてはわかり合えないこともある。だがいまは小さな疑念が噴き出す気配。父と叔母とは異父兄妹である事実。そこに母が女として介入するとどうなるのか。私は受話器を握りしめながら、それをすぐさま閉じ込める。

姉にいう。

「父さんが亡くなった直後は、ショックが大きくて大変だったけど、思ったより立ち直りが早かったわね。母さんのなかでなにが起こっているのか知りようがないけど、案外たくましいところがあるから、そのうちに落ち着くのじゃないかしら」

姉が返す。

「そうそう、母さん不思議なくらい元気になっちゃって。娘からみたら仲の良い両親だと思っていたから、意外だったわ。世間では、夫が先に逝くと、妻は綺麗になって輝くっていうじゃない。そんな馬鹿なって考えていたけど、夫婦って、そんなものかしら」

答えようがない。

私は話を戻す。

「呼吸器を付けて最悪の状態だったから、衝撃が強かったせいかしら。それで母さん、いまなにしてるの」

「夕飯を食べ過ぎて、眠くなったらしくて早めに休んだわ」

「満腹感がわからなくなったわけではないわね」

姉は複雑な笑い声を立てた。

「そこまで進行していないわ」

「それなら良かった。これからは叔母さんの名前をいわない方が良さそうね」

姉は答えた。

「そのつもり」と。

その日の夜、私は枕を抱いてはいなかった。目を閉じても、叔母の声は聞こえてはこない。

夫が階段を下りる音がする。台所で水を飲んでいるのか。蛇口からガラスコップに水を落とし、伏せる音。

足音は私の居室である和室に向かい、ふすまを開ける音がして、閉める音。だが私は目を開けることはない。

暗闇のなかを叔母が歩いている。その後ろ姿を母が追う。あと一歩のところまで母が近付くと、叔母が振り返った。交わされた微妙な笑い。

肩を並べたその先にはオレンジ色の閃光。二人は目を細め、光のなかで蠢くなにかを覗き込んでいる様子。そこには見慣れた懐かしい風景が映しだされているのか。あるいは愛しい人たちとの語らいの場所なのか。それとも父の姿か。

二人は異なる方向へ歩み始めた。母は光に向かい、叔母は背を向け逆方向へ。

果たして二人の行き着く先はあるのか、ないのか。彷徨《さまよ》い続けるしかないのか。

答えが出るはずもない。

初　出　文芸誌「Ｐ・ｂｅ」

「アイ・レリーフ」　二〇一四年三月
「漂う人」　二〇一六年七月
すき間をぬう・匂い立つもの　二〇一五年五月
「喫茶しゅわり」　二〇一七年九月・二〇一八年十一月

初出から修正、加筆してあります。
物語はフィクションであり、登場人物、団体等実在のものとは一切関係ありません。

〈著者紹介〉
臼田　慶子（うすだけいこ）
名古屋市生まれ。愛知県在住。
私立大学職員を経て、都市銀行に勤務した。
「森瑤子論」三重県四日市市ふるさと文芸賞評論の部入賞。
「ホシオさんの洒落」第二十一回中部ペンクラブ賞受賞。
平成二十八年斎藤緑雨文化賞受賞。
中部ペンクラブ会員。理事。
愛知芸術文化協会会員。
文芸誌『P.be』発行。
著書『振り向いてもくれない』『父と達磨とバイオリン』

アイ・レリーフ

定価（本体1500円+税）

乱丁・落丁はお取り替えします。

2020年 5月 18日初版第1刷印刷
2020年 5月 24日初版第1刷発行
著　者　臼田慶子
発行者　百瀬精一
発行所　鳥影社 (www.choeisha.com)
〒160-0023 東京都新宿区西新宿3-5-12トーカン新宿7F
電話 03(5948)6470, FAX 03(5948)6471
〒392-0012 長野県諏訪市四賀229-1(本社・編集室)
電話 0266(53)2903, FAX 0266(58)6771
印刷・製本　モリモト印刷

ISBN978-4-86265-816-6 C0093